the end...

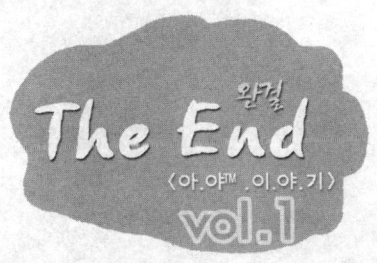

The End 완결 〈아.야™ .이.야.기〉 vol.1

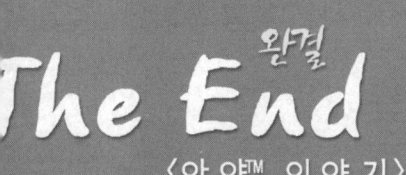

★1★

"전학생 신수연이다."

우리집 형편과는 전~ 혀 맞지 않은 비싼 목동땅을 등지고 서울 끝 일명!! 서울의 촌구석으로 이사를 왔다. (개봉동이라고 아실지 모르겠다.)

나름대로 다소곳하게 서있는 날 다들 어째 이상한 눈으로 쳐다보고 있다.

길 여기저기다 똥싸대는 똥개 보듯 쳐다보고 있다.

하지만 그도 그럴 것이 양 갈래로 쫑쫑 땋은 머리.

- 하지만 머리색은 씨뻘겋다.(자연산이다!)

종아리까지 내려오는 치마.

- 바트 그러나!! 마이는 미어터질 지경이다.

타고난 날렵한 눈썹을 가리려고 안경을 착용했지만

- 이를 어째! 무테였던 것이다. 흐엉엉!

그래도 내 딴엔 전학 첫 날이라 범생이같이 보이게 하기 위한 준비였다.

여기저기서 _웅성웅성_ 거리며 날 쳐다보고 있다.

순간..동물원의 원숭이가 된 것 같았다.

아이들의 뜨거운 눈빛에 내 몸이 뚫어질 지경이었다!!

꺄아꺄야!! ⟩ㅁ⟨ 너무 뜨겁잖아~.☆☆☆

참고로 나! 원래 이렇다. 그러니 큰 걱정은 해줄 필요 없다.

6

아무튼!! 한참을 그렇게 구경거리가 되고 있을 그때!!

"쟤 뭐냐?"

1분단 끝. 한 얄팍하고 기. 생. 오. 라. 비처럼 생긴 놈 하나가 단 세 글자만으로 싹 바가지 없게 시비를 걸어왔다.

"……."

난 최대한 무시를 하며 가만히 서있었다.

전학 첫 날부터 왕따의 길을 걷기는 싫었기에 꾹-참았다.

"푸하! 쟤 눈 좀 봐라! 존. 나. 처. 졌. 네!"

기생오라비 놈의 말이었다.

난 다시 한번 꾸-욱 참았다!!

부글부글_ 끓어오는 것을 겨우겨우 표정관리까지 해가며 참고 있었다.

"웬만하면 눈 좀 감지 그래?"

다시 한번 시비를 걸어오는 그 놈!!

꾸-욱 참으려고 했지만 악악악!!! ★★★나도 더 이상은 못 참겠다.

"너-_-뭐다냐!!짜증나게!!"

"뭐?"

"왜 자꾸 시비조냐고? 너!! 겁 대가리를 상실했냐?"

"하하!"

"그리고!! 내 누이 처지든 간기든 니가 뭔 상관이여!!"

"나 말하는 거냐?"

"그래!!너!!"

-_-검지로 그 놈을 콕!!찍으며 말했다.

순간 난 정의를 위해 몸을 불사르는 '세일러문'이 되어버렸다.

그것보다 큰일일세. 결국 저질러버린 이 놈의 말투!

잠깐! 나에 대한 보충설명을 한 가지만 더 하겠다.

다들 느꼈듯이(못 느꼈나?)내 말투는 과도의 싸가지 결. 정. 판이었다.

그래서 가만가만 조용히- 있었건만!! 저 기생 놈 때문에 다 망쳤다. 쓰불!!

일부러 순박하게 보이려고 모범생 컨셉으로 전학 왔는데!!

분명 이쯤대면 아이들이 하나둘씩 나에 대해 말을 할 것이다.

ㅜ_ㅜ

"미친년!"

"저게 죽으려고 환장했나~?"

"쌩 또라이 같은 년이 뭐래냐? 쟤?"

봐봐라.-_- 맞지?

그렇게 계속 연약한 소녀의 가슴을 푹_푹 찔러대는 말들이 터져 나오고있었다.

모두 여자 애들이 하는 말이었다.

"휘이~ 세게 나오는데?!"

기생 놈이 던진 말이다.

것도 입 피리(왜, 아랫입술을 손으로 잡고 쭉 늘려서 소리내는 것-_-말이다.)를 불으면서, 그리고 한껏 여유와 함께 강적이었다.

"자, 자! 모두 그만 조용히 하고! 신수연 네 자리는 텐리옆이다. 야! 텐리!! 손 좀 들어봐라!"

_웅성웅성_대는 아이들을 저지하며 선생님은 친절하게도 내 짝이 될 아이에게 손까지 들어보라고 하신다.

유치하게 손이 뭐냐~ 여기가 무슨 초등학교 교실로 아니고….

그나저나 OH~☆텐리라니 참으로 신선한 이름일세~.

설마 기생오라비 놈은 아니겠지?

그럼, 그럼! 그 놈의 옆자리라면 너무 뻔한 스토리에 재미없잖아~.

"네!"

ㅇ., ㅇ커헉!!

저-기!!! 1분단 끝에서 살짝 손을 드는 기생오라비 놈.

부록으로 그 놈은 입가에 정체불명 미소를 살-짝 띄우고있었다.

원래 이런 건 뻔한 스토리가 더 재미있는 법이다. ┰0┰

★2★

"다른 자리는 없는… 거죠?"

다시 한번 살기를 뜬 눈빛들은 한 몸에 받았다.

젠장!

9

"무슨 이유라도 있니?"

"뭐, 그냥요!"

차마 기생오라비 놈의 미소가 불길해서라고는 말 못하겠다.

이 말을 했다간 또 어떤 말이 튀어나올지 모르기 때문에.

"신수연! 전학 온 첫 날부터 맞는 건 좀 그렇지 않니?"

"아, 그렇군요!!"

"어쩔 거니?"

"네네~ 지금 1분단으로 갑니다. 가요~."

심하게 구겨진 담임의 표정을 보자마자 재빨리 1분단 끝 기생오빠의 옆자리로 갔다.

눈치가 빠른 내가 매-우 자랑스럽구나!

"아~ 짜증나네."

뭐야.

"네 눈 가까이서 보니까 더 처졌다~?"

"뭐가 처져?"

"눈 말이야 눈! 한번도 안 들어봤냐?"

"안 들어봤어!!"

"그래? 신기하네~."

사실 귀에 못이 박힐 정도로 들어본 소리다.

하지만 난 절대 인정하지 않는다.

"야, 야! 전학생! 웬만하면 내 쪽으로 절대 고개돌리지 마라!"

"왜?"

"네 눈 보면 졸음이 쏟아져! 아~ 졸라 처졌네."

지랄 맞은 놈. -_-^

"야!! 니가 처진 내 눈에 보태준 거라도 있냐?"

"뭐라고?"

"너 돌았냐? 처음 보는 사람한테 그 따위로 말 막 하지마! 재수 없어!"

검지를 머리 옆에서 깜찍한 타원형을 그려가며 넘에게 말하였다.

브이--V

"너, 남자한테 맞아본 적 없지?"

흠칫-_-

머리 쪽에서 맴돌고있던 예쁜 나의 손을 재빨리 등뒤로 숨겼다.

"응, 없는데~. 하하핫!"

방금 전 당당했던 나의 모습은 어디로 사라졌는지, 멍청하게 한번 웃어주고는 책상에 엎어졌다.

하지만 바로 다시 일어나야만 했다.

이윤, 기생 놈이 팔꿈치로 내 등짝을 찍어버렸기 때문에.

"뭐야-아! 아프잖아."

놈을 향해 고래고래 소릴 질렀지만, 기생 놈은 못 들은 척하며 이어폰을 끼고 엎어졌다.

때리면 한 대 더 맞을까봐 때릴 수도 없고, 그냥 가만히 노려보는 걸로 만족해야했다.

전학 첫 날부터 짜증 시려 죽겠네!!

"신수연…."

앞에 있는 여자애가 뒤를 돌아보며 나에게 조용히 말을 건네었다. 다정다감한 말투!! 왠지 딱!!★FEEL★이 꽂혔다!!

야려보는 아이들가운데 이런 착한 천사가 있었다니 ㅜ_ㅜ 전학 첫 친구가 생기는구나~. 룰루랄라~☆나이쑤-☆

"응? 왜?"

_생글생글_웃으며 화답해줬다.

"입 닥치고 가만있어!"

어벙벙_

다정다감한 어투는 혼자만의 착각이었나 보다. 크흑!!

그래! 까짓 것 친구는 천천히 사귀지 뭐ㅠㅇㅠ

이곳저곳에서 버림받은 나!

기생 놈에게 찍힌 등도 아프고 해서 책상에 엎어져 잠을 청했다.

한-참을 열심히 자고있었다.

다리가 부들부들_떨리며 심하게 저려 일어나 보니 어느덧 4교시가 거의 끝날 무렵이었다.

어느 하나 나를 깨우지 않았다. 선생조차 나를 버렸다.

내 옆의 기생도 아직까지 잔다.

분명히 자는 척 하는 것 같았는데 쏟아지는 잠에 자기도 모르게 잠이 들었나보다. 쯧쯧!

그리고 잠에서 덜 깬 상태로 멍하니 칠판만 바라보는 4교시가 끝나버렸다.

다시 책상과 밀착하려는 찰나!!

☆☆쾅!!! ★★★★

앞문에서 어떤 무리가 줄을 이어 들어왔다.

정체불명 곱슬머리 소녀들이었다.-_-

"야!! 전학생이 누구냐!!!!"

전학생? 나 말하는 건가?

"누구냐고!! 목동에서 졸라 잘나갔던 년 전학 왔다며!!"

−_−내가 아니구나.

"뭐야! 없어? 야! 유은채! 어떤 년이냐? 상판이나 좀 보자!"

개중에 가장 심한 IMF파마를 한 최고의 곱슬머리가 내 앞의 친구가 될 수 있으리라 착각했던 논!!에게 물었다−_−

"내 뒤."

앞의 착각 년은 단 두 마디로 나를 설명했다. 그리곤 밖으로 _휘리릭_나가버렸다.

무섭다_곱슬머리 패거리!!

"너냐?"

IMF소녀는 나를 위 아래로 훑어보며 한마디 내뱉었다.

난 고개를 푹−숙였다. 무서우니까!!

"너 목동에서 존나게 잘나가던 년이었다며?"

뭐래?−_−

"아니, 전혀."(여전히 고개를 떨군 상태였다.)

"뭐가 아니야! 다 듣고 왔건만!"

"아니….야!"

"지랄하네~. 너 이시우 알지?"

"… 누구?"

"이시우말야! 아원고. 이시우! 몰라?"

"……."

"왜 아무 말이 없어? 너 존나 잘나갔었다며! 그럼 알거아냐!!"

"아니라니까!!"

결국 난 소릴 지르며 고개를 들어 곱슬소녀를 째려봤다.

이럼 안 되는데 ㅜㅜ 곱슬소녀는 어이없다는 듯이 나를 한번 쳐다본다.

한 대 맞을 걸 각오하며 이를 꽈—악 물었다.

"푸하하핫!!!"

오로잉? 갑자기 심하게 웃어대는 곱슬소녀!!

"뭐, 뭐야!"

"푸하하! 이년 눈 왜 이렇게 처졌어?"

"-_-…"

"아~ 존나 졸리네! 목동 물갈이 좀 해야겠네~."

IMF소녀는 그 몇 마디 남기고는 교실 밖으로 나가버렸다.

맞지 않아 다행이었지만, 그 몇 마디는 여린 내 마음을 후벼파기에 충분했다.

곱슬머리 패거리들이 나가고 옆에서 곤히 자는 기생을 깨웠다.

"야, 짝! 일어나 봐! 야야! 짝! 기생. 텐리!! 일어나 보라니까."

"으음~ 뭐야, 아~ 함!"

기생 놈!

옆에 아리따운 숙녀 분이 앉아 계시는데 신경하나 안 쓰고 하품을 하신다.

니 목구멍 다 봤다.

"야, 있잖아…."

"뭐가 있어."

"아니, 그러니까~."

"빨리 말해 졸려."

"네가 내 눈을 보고 감상을 말해줬으면 해."

"미쳤냐! 한 대 맞아야 정신차리지?"

"아니."

"깨울 땐 언제고 왜 다시 재우려는 거야! 차라리 깨우질 말던 가!"

그게 아닌데. ㅜ_ㅜ

"그러니까! 내 눈을 보면 무슨 생각이 드는데~?"

"존나 졸려! 수면제 따윈 필요 없을 정도로! 됐냐?"

졸립단다_

존나 졸립단다_

내 눈이 수면제와 쌤쌤으로 졸립 단다_

ㅜ_ㅜ젠장할~.

그 놈은 다시 책상에 엎어졌다.

그래!! 짝 잘못 만난 내 운명이지 누구를 탓하리!!

하아~ 제발 깨어나지 말고 영원히 자라! 새꺄!

하지만 이런 속마음과는 다르게 앞의 착각 년의 거울을 몰래 쌔벼 뚫--어져라 보는 나를 발견할 수 있었다.

15

★3★

전학 첫 날이라 그런지 하루가 엄청 빨리 지나갔다.

잠만 퍼질러 잤으니 당연한 것이겠지만 옆의 기생 놈은 아직까지 퍼질러 주무시고 계신다.

믿는 구석이 있는 건지 꿋꿋이 주무신다.

+종례시간

"수연아~."

다정다감하게 담임이 날 부르며 내 자리에 왔다. 좀 언짢았다.

"네? 왜요?"

"처음인데 적응은 잘했니?"

할말 없다.

짝이라 하는 놈(기생)은 하루종일 잠만 쳐자대고.

앞에 앉은 아이(착각논)는 전학 온 착한 아이(나다.-_-)에게 욕이나 하고.

그리고 같은 학교아이(곱슬머리)들은 단체로 쳐들어와서는 사람 쫄게 만들고.

적응이라… 할말 없다!! 하지만! 말은 달리했다.

"그럼요~~!! 애들이 참하더라구요. 수업시간에 책도 빌려주고."

"어머 정말?"

정말이기는~ 잠자느라 책 한번 훑어보지도 못했다.

"네! 대화도 많이했구요~. 정말 좋은 반인 것 같아요."

"어머~ 다행이다!"

나, 곱슬소녀들하고 대화한 거 맞지?

"아! 텐리는 잘해주고?"

이것만은 말하기 싫다!

"그럼요~선생님. 얼마나 잘해주는데요~. 등 마사지도 너무 열심히 해줘서 이파 죽는 줄 알았다니까요~. 핫핫핫!"

"어머~ 그래? 텐리 정말 착한 아이야!! 수연이 짝 잘 만난 것 같아 다행이다."

기뻐하는 담임에게 뭐라 할 수도 없고, 어쩔 수 없이 세상 어떻게 돌아가는지 관심 없이 자는 놈 뒷머리에 나의 초강력! 쩨릿-빔을 날려줄 수밖에 없었다.

맘 같아선 뒤통수를 후갈기고 싶었지만 걸리면 어떻게 될지 장담 못하기에 참을 수밖에 없었다.

그리고 담임의 종례가 끝났다.

꺄아꺄아!!☆드디어 집에 간다.

기뻐하는 건 나뿐!! 옆의 기생은 계--속 주무신다.

이 놈 혹시 어제 호스트 바에서 중년누님들과 밤을 불살랐는지도 모른다.-_-

정말 그럴지도 모른다!! 하루종일 잠만 퍼 질러 자는걸 보면 외모도 기생오라비에 솔직히 아---주 틀린 생각은 아니라고 본다!!

"야, 기생. 일어나! 집에 안 갈 거냐?"

"음… 몇 신데."

"방금 종례 끝났어."

"그래? 아직까지 안가고 뭐하냐?"

"아니, 나 오늘 전학 왔잖아. 그래서 같이 갈 사람이 없어서…."

"그래서?"

"우리 같이 갈까?"

"핑계는… 그냥 나하고 가고싶으면 그렇다고 말해. 돌려서 말하지 말고."

"무, 무슨 근거로!"

"독심술."

참으로 기분 나쁜 독심술이구나. 하지만 틀렸단다. 새꺄!!!

"아니다! 됐다. 나 혼자 가야겠다~ 그럼 안녕~"

"야야, 잠깐. 일로 좀 와봐!"

갑자기 나를 불러 세우는 기생 놈!! 같이 가주려는 건가?

"왜?"

기생 놈에게 다가갔다.

스윽스윽 ㅇ_ㅇ오우오우!!

갑자기 기생 놈은 내 손목을 잡고 뒤집더니!!!

앞 책상에 굴러다니는 컴터 사인펜으로 나의 손바닥에 번호를
하나씩 적어갔다.

011-9111-XXXX 〈-매우 단순한 번호.

그리곤 오. 른. 손으로 전화기 모양을 만들곤 왼. 쪽! 귀에 갖
다대더니!

"전화해!"

라고 말한다.-_-꼬뇽이다!

하~ 내 기억이 확실하다면 저거 1900년대에 모 CF에서 나온
거다!

야, 이 자식아! 지금은 millennium이란 말이다!

"어, 어."

난 대충 대답하고 재빨리 자리를 떴다.

같이 있다간 저 놈의 수준이 되어버릴 것 같아서였다.

교문을 나와 나의 자랑. 튼튼한 코끼리다리로 집으로 한창 걸
어가고 있었다.

"야, 옥영아! 쟤 아까 그 처진 눈 맞지?"

누군가 거슬리는 말을 하는 것이…곱슬머리 패거리였다. 또
처진 눈 이랜다.┳┳

"야! 처진 눈~ 유은채 집에 갔나?"

유은채?…유은채?

어디서 들어본 거 같은 이름인데 누구였더라?

"유은채가 누군데?"

"니 앞에 앉은 년! 몰라?"

"몰라."

착각 년이었군. 별로 개입하고 싶지 않다.

그냥 열심히 가던 길이나 가자!

"야, 이옥영! 거기 눈 처진 애. 니 친구야?♡"

누가 또! 눈 처졌다고 하는 거야!!

바로 고개를 돌려 언놈인지 확인했다. 멀리서 어떤 놈이 손가락질을 하며 날 가리키고있었다. 그리고 그 놈의 머리는 곱슬이었다!!!!

그것도 IMF곱슬은 아니었지만 절대 풀리지 않을! 천. 연. 곱. 슬 이었다.

순간 놀랐다.

곱슬머리 패거리에도 남자가 있었구나!

"난 장풍운이라고 한다."

ㅇ.ㅇ엄마야~!

언제 다가온 건지 어느새 천.연.곱.슬 소년은 나에게 인사를 하고있었다.

★4★

"네?"

"바람 풍(風)에 구름 운(雲)! 장풍운이라고 한다."

"아, 네.-_-"

"훗! 나의 눈에 활력소가 되어준 그대에서 정식으로 교제신청을 한다. ♡"

뭐래냐.

"받아주겠어?♡"

곱슬 소년은 사람도 오지게도 많이 지나가는 시내 한복판에서 무릎을 꿇고 한쪽 손을 내밀며 물었다.

"아, 아니, 저…."

"왜?♡무슨?"

"야! 장풍운! 너, 뭐해! 미쳤냐? 빨리 안 일어나!"

"아… 아니 저…."

IMF소녀가 소릴 질렀다.

"뭐가?♡"

"쪽팔리게 거기서 뭐 하는 짓이냐고!"

"교제 신청중이야♡"

이런.

"무슨 얼어죽을 교제 신청이야. 사람들 다 쳐다보잖아!"

"그래?"

"아~ 쪽팔려! 야, 우리 먼저 갈 테니까 너 혼자 알아서와!"

IMF소녀의 말이 떨어지기가 무섭게 곱슬 패거리들은 _사사삭_거리의 이슬로 사라져버렸다.

이, 이봐들! 가려면 나도 같이 데꼬 가야될 거 아냐!

나도 쪽팔린 게 뭔지 안단 말이다!ㅜㅜ

"저, 저기. 안 일어나?"

"내 마음을 받아줄 때까지!♡"

"응?"

"안 일어 날거야~♡꺄아!!♡"

이런 미친놈. 그렇게 계속 시간이 흘렀다.

하지만 천곱슬은 전-혀 일어날 생각을 안 한다. 진드기 같았
다.

무릎도 꽤-아플 텐데 말야. 쯧쯧!

"이, 이제 그만 일…."

"내 마음을 받아줄 때까지!♡"

아악!!★짜증나 죽겠네!! 나도 쪽팔리다고!!

무시하고 가려했지만, 천곱슬은 어느새 내 손목을 꽈-악 잡고
있었다.

완전 좆. 됐. 다!

그때! 갑자기 머리를 화--악! 스쳐 지나가는 생각.

좋아-! 이거야.

"나, 남자친구 있어!"

이러면 포기하겠지?

"뭐? 누군데!!"

"있어. 이 학교에."

"너 오늘 전학 왔잖아."

"아, 아무튼 있어!"

"그래? 그게 누군데?"

"있어. 그런 애."

"그러니까 누군데!!!!"

찰거머리 같은 놈!! 이 놈은 정말 아무리 떼어도 떼어지지 않을 것 같았다.

난 오른쪽 손바닥을 최대한 천곱슬 놈 눈 가까이에 대었다. 그리고 폈다가 재빨리 다시 오므렸다. -_-

"봤지? 내 남자친구 번호야."

"못 봤는데."

"못 봤으면 말고!"

"근데, 그걸 왜 손바닥에 적고 댕겨?"

"너, 너무 좋아서 그런 거야. 아무튼 나 남자친구 있어"

"그래? 알았어, 미안…"

천곱슬의 표정이 굳어졌다. 괜스레 미안한 마음이 든다. 나 잘못한 거 하나도 없는데!

"아, 아니 미안할 것까지야…."

"그럼 우리 악수는 할 수 있지?"

천곱슬이 살짝 웃으며 자연스럽게 오른손을 내밀었다.

"그래, 좋아. 뭐 그것쯤이야."

"응! 고마워.♡"

화-악!!★★

ㅇ.,ㅇ?화악?

천곱슬은 갑자기 표정이 좋아지며 내 손목을 잡곤 돌렸다.

"뭐, 뭐하는 거야!"

"011-9111-XXXX!! 011-9111-XXXX!!"

빠르게. 마치 주문을 외우는 것처럼 기생 놈 번호를 중얼거렸
다.

"뭐, 뭐 하는 거냐고!"

"011-9111-XXXX!! 네 남자친구에게는 내가 잘 말할게.♡"

"뭘 잘 말하겠다는 거야!"

"우리 사이.♡ 큰 걱정은 마~."

"야, 안 돼! 이, 이봐!! 곱슬이!!"

사사삭

내 말이 채 끝나기도 전에 천곱슬은 사라져버렸다.

큰일이다. 저 천곱슬 놈이 진짜 전화해 버리면 어떡하지?

악악!! 쒜리!! 전화하기만 해봐!

절대 하면 안 된다. 안 돼, 안 돼! 기생 놈은 내 남자친구가 아
니란 말야!

+집 도착.

집안으로 들어가자마자 설거지, 청소, 빨래 등등 집안 일을 한

24

후 잠깐 짬을 내서 TV보고 인터넷을 하고 내 침대에 편안하게 누워 하루를 정리하고 있었다.

오죽 할 일이 없었으면 이 딴 짓이나 하고있겠어. 심심해 죽겠네!

반————짝!! ★☆★☆

갑자기 나의 머리에 불이 켜졌다.

난 엉금엉금 기어 책상 위에 놓여져 있는 전화기로 손을 뻗었다. 그리고 손바닥에 적혀있는 참으로 단순한 번호를 하나씩 눌러갔다. (처음슬 사건은 까미득하게 잊고있다.)

☎뚜르르르~뚜르르르~

=누구야.

전화 받는 것하고는.

-기생~ 나야.

=누구.

-나! 오늘 전학 온 짝!

=짝! 처진 눈? 그래. 마침 전화 잘했다! 너 장풍운새끼 알지? Oops~!

-응? 장풍운? 장풍운이 누구야? 난 모르는데….

=모르는 척 하지말고 그 새끼 뭐야! 내 번호 어떻게 알았어!

-모, 몰라. 나도 모른다니까!

=호오~ 그러셔? 너 아직 전치 4주 끊어 본 적 없지?

옴메나! 저 놈이 날 죽이려드네!

-아니, 그게 아니라… 앗! 엄마가 부르신다.

뚝!★☆재빨리 끊어버렸다.

내일 벌어질 일이 심히 걱정 됐지만 벌써부터 저 놈의 열 받은 목소리를 듣고싶지는 않았다.

밤엔_오싹오싹_한 느낌에 이불을 머리까지 덮고 잤다.

내가 왜 전화했을까! 심심해도 참아야 하는 것을…. 크흐윽!!!

★5★

26

죽음의 날이 돌아왔다.

어제 그렇게 끊어버렸으니 최소한 전치 4주를 끊어야할 듯싶다.

그런 사정도 모르시는 나의 마덜께서는~.

"신수연! 7시야~ 빨리 안 일어나!!!!"

우람한 코끼리다리로 나의 연약한 허리를_마구_ 걷어차고 계신다.

"엄마… 나 아파."

"뭐?"

"머리가 _지끈지끈_거려. 학교 못 갈 것 같아."

표정을 최대한 불쌍하게 하며 우는소리로 말했다.

'집에서 쉬어' 라는 말을 은근히 기대하며 더욱도 불쌍하게 말했다.

"아파!! 아파서 죽을 것 같아."

"빨리 안 일어나!!!!"

"엉엉-0-아프다니까."

"딸아! 전학 둘째 날에 피멍든 채로 학교 가기 싫으면 일어나거라! 응?"

역시 그랬다!! 개미똥구멍 만큼도 통하지 않았다.

ㄱ래! 언만 마. 귀. 힐. 멈 이었어ㅜ_ㅜ

"일어났어! 일어났어!"

벌--------떡!! ★☆★☆

27

참고로. 절대 쫄아서가 아니다.

어차피 학교에서도 맞을 건데 집에서까지 맞으면 정말 처량한 꼴이 되니 일어난 거였다! 진짜다.

대충 교복을 입는 듯 마는 듯하고 학교로 갔다.

+교실앞

뒷문을 살-짝 열고 주위를 살폈다.

기생 놈은 아직 오지 않은 모양이다. 치 떨린다. 지금 나에겐 오로지 두려움뿐.

쒸바~ 천곱슬 놈. 걸리기만 해봐!

재빨리 들어와 자리에 털썩_앉았다. 가슴이 콩닥콩닥_뛴다. 잠이나 자야겠다.

설마 자는 인간을 때리진 않겠지?

잠을 자려고 내 몸이 책상과 거의 맞닿기 전.

"어이~ 빨리 죽으시려고 이렇게 일찍 오셨냐?"

기생 출현이다! 다시 일어나 떨리는 마음으로 돌아봤다.

ㅇ., ㅇ크헉! 그 놈 손엔 _반짝반짝_ 빛나는 죽도가 들려있었다.

저걸로 때리려나보다!!털이 _쭈뼛-쭈뼛_ 선다!!

"아, 아니. 나 자려고 한 건데… 잘자~ 기생."

신변의 위험을 느낀다. 어서 자야겠다.

그렇게 엎어지려는 그때 그 놈은 죽도로 내 턱을 받치더니 말한다.

"어딜 주무시려고! 주무실 땐 주무시더라도 한 대 맞고 주무셔!"

씨-익 웃는 기생. 완전 살인미소였다!

김재원… 그런 애들이 웃는 미소말고, 진자 살인날 듯한 미소. 어째! ㅜ.ㅜ

"대, 대체 왜 이러는 거야! 내가 모, 몰 잘못했다고!"

"뭘 잘못했냐고? 알면서 뭘 물어보시나~. 너 장풍운 알잖아! 우리학교 곱슬새끼!♨"

그 놈의 머리에선 열이 나고 있었다. 근데 장풍운은 이 놈한테도 곱슬이라 불리 워 지는구나.

28

역시 나 혼자만의 생각이 아니었어. 하지만 이건 아니야!!

"기생! 걔, 곱슬 아니야."

"뭐?"

"넌 틀렸어. 걘 그냥 곱슬이 아니라 천. 연. 곱. 슬. 이란 말야. 하핫핫!"

"이게 진짜!!!!"

아악악! 더욱 더 열받았나 보다. 활활_타오른다.

… 주여!!

"저, 지기 그러니까 어세 걔가 너한테 전화한 거야?"

"어!"

"왜 전화했대?"

"그걸 내가 알아!!"

왜 화를 내고 그래. ㅜ_ㅜ

근데 장풍은 이 놈 진짜 전화했네. 덴장!

"근데 걔가 모라고 했어?"

"걔가 뭐라고 했냐고?🌀곱슬 자식이 뭐라고 했냐고 묻는 거지?"

다시 한번 활활_ 타오른다.

진심으로 기생 놈이 무서웠다. 크으-

그리곤 기생 넘은 천곱슬이 전화한 웃지 못할 얘기를 시작했다.

따르르릉..+☆

"누구야"

"……?"

"누구냐고!"

"…!!!"

"끊는다."

"하아… 하아… 후우~."

"누구야."

"나 너무 힘들어~하아… 하아… 텐리!!"

"누구냐고!"

30

"쿡쿡! 자기~ 나야♡벌써 내 목소리 잊은 거야? 미워미워!

"장풍운이냐?"

"응~♡풍운이."

"뭐냐, 너!"

"근데 자기~♡ 나말고 딴 애 생겼지! ㅜ.ㅜ"

"변태새끼! 또 뭔 헛소리야. 끊는다!"

"신수연하고 자기하고 사귄다며! 어떻게 날 버리고 그럴 수가 있어."

"그건 또 뭔 헛소리냐? 골 아프다."

"흑흑… 너무해. ♡"

"근데 너 또 내 번호 어떻게 알았어!"

"나도 자기번호일줄 몰랐어~.♡근데 일석이조네. 수연이와 자기를 동시에 건졌으니 그럼 앞으로도 자주 전화할게~.♡♡ 자기~♡정말 사귀는 사람 없는 거지? 나밖에 없는 거지?"

"헛소리말고!! 신수연이 내 번호 알려준 거냐?"

"응! 뭐, 그렇지만 사랑하는 사람의 번호정도야 알 수 있는 거 아니겠어?♡ 아무튼 내일 봐.♡ 오랜만에 자기 반에 가봐야겠네~.♡사랑해~♡쪽~♡"

뚜---욱!! ★☆★ 뚜뚜뚜…

그런 놈이었군! 느끼 버터새끼. 올라오려고 한다.

"뭐야? 너 천곱슬하고 아는 사이였어?"

"그래. 그건 됐고, 내 번호 누가 뿌리고 다니라고 했지?"

"아, 아니라니까! 그러네~."

"넌 정말 맞는 것밖에 방법이 없겠다!"

Oops~!!

그 놈은 죽도를 꽈─악 잡았다. 그리고 손을 들어 내 머리를 내리치려는 그때!!!

"자기야.♡♡"

앞문에서 대량의 하트를 뿌리며 천. 연. 곱. 슬 장풍운이 나타났다.

"자, 장풍운!"

기생 놈의 두 눈엔 두려움이 가득 차있었다. 말도 더듬는 것이… 쯧쯧! 꽤-많이 시달렸나보다.

"자기♡ 지금 뭐 하는 거야?"

"여긴 왜 왔어! 장풍운!"

"자기하구 수연이 보러왔지요.♡"

아~ 아리따운 내 두 눈으로 천곱슬의 미친 짓을 직접 보니 눈이 썩어 들어가는 것만 같다.

기생의 심정을 충분-히 이해하게되었다.

"근데, 자기 지금… 수연이 때리려고 하는 거였어? 왜? 왜!"

너 때문이잖아. 곱슬 놈아!

"안 돼! 그러면 자기 미워!! 히잉~ 미워 할거야!"

"하아, 신수연…조금 있다보자. 우욱!"

기생 놈은 속이 매스꺼웠는지 거센 숨을 몰아쉬며-_-재빨리 밖으로 나가버렸다.

저 놈도 인간이긴 했구나.

"괜찮아? 맞은 데 없어?"

오이-잉? 장풍운의 목소리가 달라졌다. 남자로 변해버렸다.

"하하! 텐리 성격 알아주니까 그다지 신경 쓰지마~."

"으, 응. 근데… 너."

"미안해! 어제 내가 전화해서 텐리인지 누가 알았겠어?"

개늠 새끼!! 그럼 아는 척을 하지 말던가 왜 괜히 저 자식 비위 상하게 해서 나만 죽게 만드냐고!!

덜덜덜_ 아직도 떨린다.

"장풍운!! 네가 아침부터 여긴 웬일이냐~?"

앞문에서 착각논이 등장했다. 이상한 화분 하나를 들고. 레옹 인줄 알았다.=_=

"어? 은채 너야말로 웬일로 이렇게 일찍 왔어?"

"미친~ 빨리 니네 반이나 가! 전학생 데리고 뭐하고 있는 거냐!"

이 둘도 아는 사이셨군.

"대화중이야. 근데 웬 화분이야?"

"남고애가 주던데?"

"하하하―그걸 왜 줬대?"

"내가 어떻게 알아! 너 안가냐?"

"왜! 얘기하는 것도 안 되는 거야? 그런 거야?"

"응."

"히잉~♡그런 게 어딨어!♡"

다시 바뀌었다. 여자로. -_- 넘어올 것 같다. 그냥 아까 기생 놈 따라갈걸 그랬나보다.

"아~ 짜증나! 빨리 니네 반으로 안 꺼져? 아침부터 너 보니까 역겨워 뒈지겠다!"

"뭐? 역겨워?"

"그래! 내가 왜 아침부터 네 얼굴을 봐야되는 거냐고!"

착각논. 잘한다. 아자자―!!

"잉~♡은채 미어미어! 갈끄야!"

"그래, 가라가라! 칼로 긁어버리기 전에!"
갑자기 주머니에서 커터 칼을 꺼내드는 착각놈!!
흐억-!!
"히잉~♡♡너무해! 아무튼 수연아~ 좀 있다 다시 오께~.♡"
천곱슬 놈은 밖으로 나갔다. 커터 칼이 무서웠는지 재빨리 밖
으로 나갔다.
안 와도 되는데. --;; 하지만 진심으로 얼굴은 아깝구나.
네 놈이 조금만 정상이었어도 내가 많이 좋아 해줬을 텐데.
악악!! 아까워, 아까워!!
"신. 수. 연!!"

갑자기 커터 칼을 든 채로 천천히 내 이름을 부르는 착각 년.
으웅웅- 또 왜 그러냐고!!

★6★

"신수연!"
"으, 응?"〈-잔뜩 쫄았음.
어제 착각 년이 말한 것이 떠오른다.
"입 닥치고 가만있어!"
설마 또 이런 말을 내뱉으려는 건 아니겠지?
난 방금 너의 그 파워 풀한 모습을 보고 잔뜩 쫄아 붙었단다.
어제의 그 말을 다시 내뱉는다면 난 울어 버릴지도 몰라! 엉

엉!

"신수연! 너 전학 온지 하루 됐거든? 왜 이렇게 설치고 다니는 거야!!!"

"안 설쳤어!"

"장풍운에 텐리! 아주~ 잘하는 짓이다?"

화—악!!커터 칼을 들이대는 착각 년.

난 순간 움찔거렸다. 아~ 이러다 사람잡겠네!!!

"내가, 뭘?"

"그 싸기지 없는 말투는 어떻게 처리할 수 없냐?"

"뭐, 뭘!"

"아무튼 장풍운은 상관없지만 텐리는 건들지 마라~? 이건 충고야! 알았어?"

충고란다. 유치하게 무슨 충고여~. 그리고 무슨 얼어죽을 기생 놈이냐!

"건들라고 사정해도 안 건들 테니까…."

"뭐?"

"그 칼부터 치워주면 안될까? 무서워 죽겠네 그려!!"

착각논은 자신의 손과 내 얼굴을 번갈아 보며 커터 칼을 내려놓았다.

살았다!! 야호!!

"야, 야! 유은채! 장풍운 갔냐?"

앞문에서 고개만 살짝 들이밀고 주위를 살피는 기생 놈이 나

타났다.

참~ 비굴해 보인다, 애야.

"어머~ 텐리야! 장풍운 내가 보냈어. 걱정말고 빨리 들어와."

"그래?"

"오호호-"

저 착각 년이 기생 놈을 좋아하고 있었군.

장풍운과 나를 대할 때완 달. 리 180°화-악 바뀌어버린 분위기!

사이즈가 딱-! 나오는구먼~. 캬캬캬!(이제야 알았다.)

"그럼 장풍운도 갔고 잘됐네. 신수연! 간단히 몇 대만 맞자!"

저 말이 왜 안 나오나했다!! 하지만 난 절대 이렇게 맞을 수는 없다.

"아~ 함. 나 갑자기 너무 졸려~. 헤헤♡잘 자~. 기생!"

천곱슬표 하트를 날려주고는~ 초스피드로 엎어졌다. 책상과의 밀. 착!!

안 맞을 거라 생각했다. 절대 맞지 않을 거라 생각했다. 하지만 기생 놈이 누구겠어!!

책상에 엎어져서 쥐죽은듯이 잠을 청하고있을 때, 그 놈은 죽도로! 사정없이 나를 구타했다.

그리고! 한마디 외치는 것도 잊지 않았다.

"ㅁㅓㄹㅣ!!"

저 놈 검도 부인가 보다. ㅜ_ㅜ

난 그 놈이 죽도로 내 머리를 내리치던 말던 어느새 깊은 잠에 빠져버렸다.

기생 놈. 대체 얼마나 때린 거야!!!

머리가 _지끈지끈_ 쑤셨다. 쑤신 머리를 부여잡고 일어나 보니 어느덧 3교시 쉬는 시간이었고 (3교시 쉬는 시간은 20분이다.) 아래 느낌이 안 좋은 것이 바로 화장실로 텨~ 가 시원하게 볼일을 봤다. 그리고 다시 반으로 걸어오고 있을 그때!!

와---락!!!★☆☆★

뒤에서 어떤 놈이 날 끌어안았다. 그리곤 부른다.

"수연아~.♡♡"

이렇게 =_= 꼬랑지에 하트가 붙어있는걸 보니 100%천. 곱. 슬이다.

쒸-바! 느끼 버터새꺄! 떨어져, 떨어져! 내 몸에 기름 묻잖아.

"뭐야, 어떤 놈이야!! 언농 안 떨어지냐!!"

나의 우람한 팔꿈치로 그 놈의 배를 마구 강타했다!

오예~!! 나이쑤~!!★★★★

"어어… 아아악!!!" 📧오버하기는…

천곱슬 놈은 괴성을 지르며 떨어져나갔고 순간 또 한번 지나가던 아이들의 눈빛을 한 몸에 받아야 했다.

어쩔 수 없이 바로 뒤를 돌아.

"어머, 어머! 풍운이었구나! 미, 미안. 고의가 아니었어! 정말
넌 줄 몰랐어. 미안… 정말 미안."

이 지랄을 떨었다.

But!! 말과는 나의 눈은 반짝이고있었다..+..반짝반짝..+..

"아, 아니야. 내가 잘못했으니까… 근데 정말 아프다."

"……."

"혹시 하는 운동이라도 있니?"

운동?

"뭐야, 저 미친년!"

"존나 짜증나네! 누구한테 손대 거야! 씨발~ 재수 없게."

"웅성웅성."

뜨거운 쨰릿빔에 이어 나를 향해 아름다운 비난들이 _마구_쏟
아지고 있었다.

아♡아름다워~.♡난 또라이 인가보다. 카오-!!!

"윽! 정말 아프다. 더 얘기 해야되는데 나 먼저 갈게. 아! 그리
고 텐리에게도 내 얘기 전해 줘~.♡♡♡"

무진장 아프실 텐데 멋쩍게 웃으며 사라지시는 천곱슬님께 진
심으로 경의를 표한다.

천곱슬을 향해 고개를 한번 까-딱 이고 여러 아이들의 눈치를
한 몸에 받으며 울 반으로 돌아가려 할 때.

"야, 너 이리 좀 와봐라!"

나를 부르는 여학생이 있었으니!!

ㅇ., ㅇ오잉? 이번엔 머리가 폭탄인 소녀의 등장이었다.
다시 한번 느끼는 거지만 정말 신기한 학교였다!!

★7★

아니다.
폭탄소녀가 아니라 폭탄소녀들이었다.
왠지 곱슬소녀들과 비슷한 무리인 듯했다.
"왜?"
"너 장푼운하고 무슨 사이냐?"
카오-오! 천곱슬. 네 놈이 매번 내 앞길을 막는구나!!

39

"아무사이도 아닌데?"
"아무사이도 아니시다?"
"그래."
"그럼 아까! 그 다정한 모습은 어떻게 설명하시려고?"
다. 정. 한. 모. 습? 쟤 눈 뺐다보다!! 그 모습이 다정한 모습이
라 생각하다니.
"무슨 다정한 모습이라는 거야!"
"눈이나 깔고 말해라! 씨발 꼴아 보는 거 하곤⋯."
"뭐여! 머리에 폭탄 맞은 것들이 뭐 라는 거야!"
"뭐, 뭐? 너 다시 한번 말해봐!"
"폭탄 맞았다고! 넌 모르냐? 네 머리사정?"

"포, 폭탄이 어쩌고 저째? 아~ 씨발. 야! 너 따라와!"

흥분했나보다. 콧구멍이 벌렁_인다. 것도 엄~ 청 컸다.

"내가 왜?"

"지금 몰라서 묻는 거냐?"

헉—큰일이다. 너무 폭탄소녀의 콧구멍에만 신경을 썼다보다. 분위기가 굉장히 심각해졌다.(이제 알았다.)

"이년 말로해선 못 알아듣는 것 같은데?"

갑자기 폭탄소녀들 중 한 명이 내 연약한 손목을 붙잡고 끌고 가려 하고있었다.

비록 상황파악을 좀 늦게 한 나였지만 끌려가면 최하 사망이란 것쯤은 알고있었다.

최대한 있는 힘껏 폭탄소녀의 우람한 손을 뿌리치고 신수연!! 100m 15초대를 발휘하며 우리 반으로 열———심히 줄행랑쳤다!! 쪽 팔리군.

"야, 씨발! 너 거기 안서! 잡히면 뒈질 줄 알아!"

폭탄소녀들은 참으로 유치 찬란뽕한 말을 내뱉으며 날 따라오고 있었다.

그래! 한마디로 우리는 잡기놀이를 하고있었다.

'자기♡ 나 잡아봐라~.♡'

'미친 니… 고마 잡히면 싸잡아 죽이쁜다~.'

이런 놀이 말이다.

아무튼 그렇게 뛰고 또 뛰어서 겨우겨우 우리 반 도착했다.

헐떡헐떡_숨차죽겠다!

그 폭탄소녀들은 질기게도 우리 반까지 쫓아왔다!!시. 선. 집. 중!!

"야, 너. 이리 안 와?"

아~ 진짜! 저것들은 힘들지도 않나 보다.

그냥 좀 가! 제발 좀 가라!!

"야, 야! 귓구멍 막혔나?"

그래 나 귓구멍 막혔다. 그냥 이 기회에 화-악! 귀먹은 컨셉으로 나가버려?

"야!! 너 안 나오냐고!!"

질겼다. 폭탄소녀들은 필요이상으로 질긴 소녀들이었다. 그래도 난 버틴다. 나도 질기다.

버티면서 틈틈이 폭탄소녀들과 즐거운 눈싸움을 했다.

"야! 그냥 쟤 끌고 나오는 게 빠를 것 같아."

"하하-표정 봐라! 열라 또라이 같아."

"그냥 내가 끌고 올게."

젠장. 젠장. 젠장!!! 뭐야!! 이게!!!

폭탄소녀중 한 명이 교실 안으로 들어왔다.

난 눈을 요리조리피하며 뒷걸음질도치며 어떻게든 위기를 모면하려했다. 하지만 무섭게 다가오는 폭탄소녀!! 별 다른 방법이 떠오르지 않았다.

"야, 또라이! 존나 쪽 당하기 전에 그냥 따라나와."

"……."

"나오라고!!"

폭탄소녀가 내 손목을 잡으려 손을 뻗었다. 더 이상 피할 길이 없을 거라 생각했……던 그때!!

내 눈에 무언가가 들어왔다. 그. 것. 은!!

기생 놈은 어디 갔는지 혼자 빈자리를 묵묵히 지키고있는 _반짝_ 죽도였다!

아까 전엔 네 놈이 죽도록 싫었지만 지금은 어쩔 수 없구나!

반짝 죽도야! 잠시만 내편이 되어주렴~.

기생 놈의 죽도를 꽈--악 붙잡았다.

손이 힘이 들어가는 것이! 오~ 호. 너무 짝-달라붙는 거 아니야~.

-반짝 죽도- 네가! 진정한 주인을 만났구나~. 까르르-

"아-합!"

죽도를 부여잡고 氣까지 넣어가며 나름대로 눈에 신경을 쓰면서 최대한 폭탄소녀들을 째려봤다.

어때? 무섭냐?

"야! 눈 내리 안 깔아? 저게 진짜 죽고싶나!"

"근데 쟤 죽도는 왜 부여잡고 있는 거래?"

"저걸로 상대하겠다는 것 같은데? 아하하!"

"쟤 진짜 또라인가봐."

또, 또라이!!

이것들이 진짜!! 아까부터 왜 자꾸 또라이 타령이래!

쒸파! 나 진짜 열 받았다. 너네 다 죽을 줄 알아!!

… 라고 난 생각을 안 한다.

대체 수업은 언제 시작인 거야.

무서워죽겠다. 하지만 존 심상하게 말도 못하겠고, 저 폭탄머리를 보자니 앞으로 나갈 수도 없었다.

"야, 설마 그 죽도히니로…?"

움찔.

"뭐야! 진짜야? ㅇㅏㅎㅏㅎㅏ! 쟤, 돈 거 아냐?"

그래! 나 돌 테니까 제발 그냥 좀 가라! 훠이훠이~.

우연히 시계를 봤다. 오오- 좋았어! 이제 곧 수업시작 할 시간이었다. 이걸 노려야겠군~.

"야, 이제 곧 수업시작이야. 점심때 보자."

떨리는 마음으로 겨우겨우 말했다.

"뭐? 수업시작?"

"그래. 난 한 시간이라도 수업 안 들으면 안 돼! 그러니까 조금 있다보자.(거짓말이다.)

"저거 완전 범생이 아냐?"

폭탄소녀들은 어이없어 하는 표정이었지만 슬슬 물러날 기세였다. 하지만 어이없는 일이 벌어졌다.

43

앞문이 _드르륵_ 열리면서 들어온 반장의 한마디.

"야! 오늘 영어선생님 안 들어오신다고 자습하래!"

미네랄~!

다시 한번 폭탄소녀들의 눈들은 _반짝_ 빛났다.

ㅠ.ㅠ 신이시여. 저를 버리실 겁니까!

"푸핫! 뭐야~. 잘됐네. 그럼 이제 이리 좀 오시지 그래?"

내 앞에 있는 폭탄소녀가 다시 한번 내 연약한 팔목을 잡았다.

아~ 죽겠네. 진짜!!

도와주는 애들 하나 없고, 우리 반 것들! 모두 _멀뚱멀뚱_ 쳐다만 본다!

쒸바~ 눈알을 다 뽑아버려!

폭탄소녀가 손에 힘을 주며 끌고 나가려했다. 난 다리에 힘을 꽈-악 줬다.

"야, 너! 다리에 힘 안 빼냐!!"

"……."

"이거 완전 코미디네. 야, 애 힘 졸라 세!"

"……." <-굳히기에 들어간 신수연.

"너, 쫄았냐?"

응. 쫄았다. 그러니까 제발 좀 그냥 가달란 말이다!!

하느님 제발… 얘네 들 좀 데려가시면 안 될까요? 아니면 저를 구해줄 구세주라도 등장시켜 주시던 지요!!

아무나 좋으니까 주저하지 마시고 보내주세요!! 네??

please~!! please~!!

"신수연! 너 지금 내 죽도 붙잡고 뭐 하는 거냐?"

누군가 산뜻하게(?) 나를 부르는 목소리!! 구세주닷!!

들뜬 마음으로 소리가 나는 쪽을 쳐다봤다.

커걱!!☆Oops~!

하느님! 아무리 아무나 좋다고 해도 그렇죠. 쟨 좀 심하잖아요.

"죽도 빨리 안 내려 놔!!"

기생은 솜 심하잖아요!! ㅜ_ㅜ

★8★   45

아아아악!!!

왜 구세주 님은 등장시키지 않고 저 싸가지 없는 놈을 대타로 등장시키게 하셨사옵니까.

차라리 아무도 등장하지 않는 게 더 나아요!

정말. 나처럼 불행한 사람도 없을 꺼다!!

"신수연! 죽도 내려놓으라고 했다."

"기, 기생."

"아~ 주 남의 죽도 부여잡고 쌩쇼를 해라?"

누군 잡고 싶어서 잡은 줄 아냐!!

젠장할~ 네놈이 아니라 구세주 님이 등장했다면 얼마나 행복

했을까?

"근데 윤여현! 넌 지금 남의 반에서 뭐 하는 거냐?"

"어? 아, 아니. 저, 저기….."

"더듬지 말고 말해."

"풍운이가… 그게 그러니까 말야."

"장풍운? 또? 제발 그만 좀 하지?"

"근데 저 년이…."

"쟤 어제 전학 온 녀석이다. 그냥 넘어가자고!"

"알았어. 야, 전학생! 오늘은 이만 가겠는데… 나중에는 알지?"

알긴 뭘 알아! 이제부터는 요리조리 피해 댕겨야 되겠구나.

"신수연! 죽도 내려놓으라고!"

"응."

바로 내려놓았다.

"너 때문에 죽도 긁혔잖아."

"그거 내가한 거 아니…."

"아악! 죽겠네. 진짜!"

"미, 미안. 근데 고마워."

"뭐가?"

"아, 아니야."

민망하네.

"야, 나 전화 한 통화만 하자."

"니꺼 써!"

"뭐?"

"여기."

핸드폰도 바로 넘겨줬다. 그리고 놈은 똥 씹은 듯한 표정으로 어디론가 전화를 걸었다.

『 어~ 나다. 아이쌍!! 네 죽도 긁히고 완전 좆됐어! 어? 그건 나도 몰라. 잠깐 나갔다오니까. 어! 어! 아니!! 어제 전학 온 애가 하나 있는데….』

죽도 애기라녠 방금 전 사건 맞지? 그럼 당연히 그 전학생은 나겠고….

전화를 마친 놈에게 달려들어 물었다.

"야, 그 죽도애기 뭐야! 내가 언제 그랬어!"

"니가 그랬잖아."

"이게 생 사람잡네. 난 들고있기밖에 안 했어."

"그게 그거지."

"뭐야, 네가 아까 나 때리다가 그렇게 된 거겠지."

"쉿-!"

"뭐가 쉿-이야!!"

"그냥 한번 넘어가~. 귀찮잖아. 안 그래?"

아-주 뻔뻔하게 책상에 엎어지는 기생 놈.

기생오라비 놈! 그냥은 절대 못 넘어간다!

나는 바로 나의 우람한 팔꿈치로 그 놈의 등딱지를 파바박-찍

고 바로 엎어졌다. 하지만 한가지 잊고 있었던 게 있었으니! 저 놈은 기생 놈이었다는 걸!!

"좀 맞자!"

"기, 기생!! 아아아악!! 사, 살려줘!!"

난 계속 목숨을 구걸해야만했고, 잔인한 그 놈은 나를 계속 후 갈겼다.

그렇게 시간이 흘러~ 점심시간도 끝나고 오후 5, 6교시도 끝 나고, 담임 샘이 기-----인 종례마저도 다 끝이 났다. (참 빨리 도 지나간다.)

가방을 들쳐 메고 즐거운 마음으로 교실 밖으로 나갔다.

하지만 잠시 후 난 다시 돌아 왔다. 젠장! 기생 놈을 잊고 왔 다.

이 놈 아직까지 엎어져서 자고 있다. 징-하다!

"야~ 기생. 일나라!!"

놈을 툭-툭 건드렸다.

무········ 반········ 응.

"야, 일나라고!! 너밖에 안 남았어!!!"

기생 놈의 귀에 고래고래 소리를 질러대고 있었을 그때!! 다시 한번 내 머리에 강한 통증이 느껴졌다.

그렇다! 이번에도 죽도였다. 오늘 내 머리 전용인가보다.

"이씨! 왜 때려. 아프잖아!!"

"누가 맞을 짓만 골라서 하래!"

"내가 뭘! 기껏 깨우러 와줬더니만 어디서 승깔이여."

"너 어떻게 하나 다 지켜보고 있었다."

"뭐, 뭘 지켜봐."

"만약 그냥 쌩까고 갔으면 너 족치는 거였어!"

조, 족쳐? 저건 또 무슨 저-먼 나라의 언어냐?

진짜 이 놈은 바른말 고운말부터 가르쳐야겠다. 덤으로 나도 같이 공부 좀 해야겠다. 히히-

"말 좀 곱게 써! 근데 깨어있었어?"

"그래. 어떻게 하나 지켜봤다니까!!"

또 성깔부리네! 아마 저 놈과 난 전생에 개와 고양이, 흥부와 놀부(?), 콩쥐와 팥쥐, 백설공주와 계모.(이건 우리 엄마고)

49

아무튼!! 엄-----청 질긴 재. 수. 없. 는 인연이었을 것이다.

"푸힛! 그래도 결국엔 왔잖아~. 근데 집에 안가?"

"가야지."

"같이 가줄까? 너 혼자가면 띰띰하자노~. 옹옹♡ 내가 같이 가줄게.♡"

전혀 어울리지 않는 역겨운 애교와 장풍운 전용하트를 뿌린 후 한대 또 맞았다. 쓰불.

"또, 왜 때려!!"

"말투 존나게 귀여워서…. 야! 집에 가서 전화나 해라 밤에 심심하다."

"그, 그려."

"근데 너 왕따냐? 왜 자꾸 같이 가자는 건데!!"

"너 내가 전학 온 사실을 잊었냐? 참고로 나 어제 전학 왔거든?"

"아, 그랬었지. 깜빡했다."

저 놈에겐 더 이상 할말 없다. 그냥 집에나 가는 게 나을 듯싶다.

"됐다, 난 갈래다. 글고! 그만 좀 퍼 자라! 귀찮아 죽겠네. 진짜!"

"그래. 가라! 그리고 전화!"

또! 오른쪽 손을 왼쪽 귀에 갖다대는 놈. 정말 혼자보기 아깝구나!

재빨리 교실 밖으로 나가려할 때 뭔가를 하나 잊었으니!!

"아, 맞다. 잊은 게 있었다."

"뭐?"

"음-음(호흡을 가다듬고)자기♡사랑해~. ♡웅웅♡"

참으로 역겨운 하트를 파바-밧 쏘아 보내줬다.

놈의 표정은 가관이었다. 크크- 죽여버릴 듯한 표정으로 날 한번보고는 입을 열었다.

"셋 하기 전 꺼진다! 하나, 둘…."

"아, 아니야! 이거 장풍운이 전해달라고 해서. 아무튼, 안녕."

셋 하기 전. 교실에서 재빨리 빠져나왔다. 잘못하면 죽도로 초죽음을 당할지도 모르니_!!!

오늘도 기생 놈에게 전화나 해볼까?

'자기야~♡나야, 수연이.♡'

라고 하면 그 놈의 반응은 어떨까?

분명 다음 날 한강 위에 싸늘한 시체로 둥둥-떠 있을 거다.

★9★

발걸음도 가볍게~ 룰루랄라_♬콧노래를 부르며 교문으로 향했다.

한걸음에 교문 밖으로 나와 또 한 걸음을 내 딛었을 때.

"수연아~~.♡♡♡"

주위에 피해 입을 정도로 대량의 하트를 마구-뿌려대는 한 미친 녀석이 나타났다.

천. 곱. 슬. 장. 풍. 운!!

"너 아직 집에 안 갔니?"

"응♡수연이 기다리고 있었어!"

이런, 곱슬아! 난 너하고 같이 있으면 되던 일도 안 된단다. 그러니 제발 좀 가주렴!

"수연이 너한테 물어볼게 있거든?♡"

"뭐, 뭔데?"

"핸드폰 번호. 나 번호 좀 알려줘~.♡"

"어, 어? 나 핸드폰 없는…."

따르릉+☆

갑자기 눈치 없는 나의 폰. 전화벨이 울렸다.

"여보쇼~."

뚝!!☆★뚜……뚜……… 뚜 뚜

받자마자 끊겨버린 전화. 아어~! 어떤 놈이야! 끊으려면 전화를 하지 말던가 곱슬이에게 번호 알려줘야 되잖아!

"ㅠ.ㅠ 번호는 011-9474-XXXX"

"헤헤~♡고마워! 나 자주 전화해도 되는 거지?"

"으, 응."

"그럼 전화할게~. 빠이빠이.♡♡"

"그래. 바이-"

그리곤 그 놈은 멀~ 리, 저~ 멀리 가버렸다. 갈 때도 대량의 하트를 마구-뿌려대며 갔다. 이런!!

다시 상. 황. 반. 전!!

가늘 길도 무겁게! 2톤 짜리 코끼리를 들쳐업고 가는 듯이 발걸음은 무겁기만 했다. 20분 거리를 한 시간 동안 걸어 겨우 집에 도착했다.

따르릉 +☆ 내 전화벨이 울렸다.

"여보세요."

"나야. ♡"

"에?"

"풍운이~♡곱슬곱슬 풍운이. ♡"

곱슬곱슬-천. 곱. 슬?

악악!! 이 자식은 왜 갑자기 전화야!

"그, 그래. 웬일이니?"

"그냥♡집엔 잘 들어갔나 하고~."

"으, 응. 지금 집 앞이야. 너야말로 잘 들어갔니?"

"응!♡아까 들어왔어~. 근데 지금 나 걱정해 주는 거야?♡"

"아니, 뭐. 걱정이라고 할 것까진…."

"우와♡풍운이 날아가겠다~."

"그게…."

"히히-그럼 내일 봐~. 사랑해.♡"

뚝!☆…뚜… 뚜… 뚜…

순간 머--------------------엉!!

한참을 현관 앞에 서있었다.

아무래도 '사랑해' 란 말이 충격 이었나보다.

태어나서 이성에게 한번도 듣지 못했던 말!! 사. 랑. 해!!

그것도 이 중요한 말을 천곱슬에게 먼저 들어서인 것 같다!!

달------칵!!★☆

"엄마! 딸 왔어~ 어어? 이게 무슨 냄새야!"

현관문을 열고 들어가자마자 삼겹살 냄새가 나의 코를 자극했다.

오예!! 굶주린 하이에나같이 단숨에 부엌으로 달려가 우적우적 먹어댔다.

방금 전까지 멍하게 있었던 그 사건은 삼겹살 덕분에 바로 잊어버렸다.

+다음 날.

전날 필요 이상의 과식을 한 후 기쁜 마음으로 학교에 갔다. 도착하니 7시 반. 기생 놈은 아직 오질 않았다.

난 뻘-쭘히 앉아 요리조리 눈을 굴리고 있었다.

시간은 계속 흘러 어느덧 조례시간! 내 짝. 기생 놈은 아직까지 오지 않고 있다.

54

"야, 텐리 아직 안 왔어?"

독기 서린 눈빛과 함께 물어오는 착각 년.

"보면 모르냐."

"뭐!!!"

"보면 모르냐고! 아직 안 왔잖아."

"말투 봐라?"

"아니, 아직 안 왔다고…"

난 착각 년의 말에 또 한번 쫄아 붙었다. 언제 커터 칼로 찔러버릴지 모르는 상황이었기 때문이다.

★10★

두려움에 몸서리치며 부르르-떨고있었다.

그리고 갑자기 여기저기서.

"선생님! 텐리 안 왔어요!"

"무슨 일 있어요?"

"어디 아픈 거예요?"

텐리 놈에 대해 물어보는 말들이 쏟아져 나왔다. 분명 어디가
아픈 건 아닐텐데….

"조용-! 텐리는 몸이 안 좋아서 며칠동안 못 나올거다."

-_-… 아픈 거야?

"정말요? 선생님! 텐리 어디가 안 좋은데요?"

"많이 아파요?"

아이들의 질문도 다양했다.

그것보다 그 놈이 아프다니 참 신기한 일이 아닐 수가 없다!!
분명 화를 많이 내서 화병 났을 거다.

"자, 자! 조용히-몸살기운 때문에 그런 거 같으니까 걱정말
고, 수연아! 선생님 좀 잠깐 보자."

"저요?"

"그래, 잠깐."

담임은 손짓으로 복도를 가리켰다. 설마 나 담임한테 맞는 건
가?

'웅성웅성' 시장바닥 같은 우리 반을 뒤로하고 복도로 나갔다.

"저기, 수연아…."

반에 있을 때와 달리 담임의 표정이 좋지 않았다. 진짜 맞는 건가보다.

"왜 그러세요?"

"선생님이 부탁 좀 할게 있는데."

"부탁이요?"

"응, 지금 텐리네 집 좀 갈 수 있겠니?"

누구네 집?

"네?"

"선생님이 가봐야 되는데 수업도 있고 그래서…."

"근데 왜 제가 가요!"

"짝이잖아."

"짝이라고 해서 다 가는 건 아니죠!"

"그래도 짝이잖아~. 응?"

"그럼 저 걔하고 짝 안 할래요."

"뭐?"

담임의 눈빛이 달라졌다. 여기서 잘못 말했다간 날 찢어 죽일 것 같다.

"그, 그래도 제가 왜!"

"안 갈거니?"

"가기 싫은데요."

"안. 갈. 거. 니?"

"가기는 싫은데 가야될 것 같은 분위기네요."

"어머? 그래~! 잠깐 기다리렴!"

담임은 다시 교실 안으로 휘리릭-들어갔다.

후에 알게 된 건데 우리담임은 이번이 담임 맡아보는 게 처음이란다. 그래서 학생 하나하나에 스토커처럼 신경을 써준다고 한다!

그 때문에 나만 죽어난다! 젠장할~!!

"수연아~."

담임이 정겹게 나를 불렀지만 난 외면해 버렸다.

57

"호호-수연아~ 이거 텐리네 집 주소거든?"

"네."

"여기 H아파트 115동인데 알 수 있겠니?"

"네."

"13XX호야. 알겠지?"

"네."

"신. 수. 연! 대답이 좀 시원찮다?"

"아하하! 알아요. 선생님! 여기 저희 집 근처거든요."

"어머~ 그래? 잘됐다!"

이것도 후에 알게 된 사실이지만 담임은 내가 어디 사는지 알고있었다. 내가 텐리 놈 집에 가게되는 것도 다 계획적이었다.

"그럼 전 교실로 이만⋯."

"어머머! 안 돼! 지금 갔다와야 되는데."

이건 또 뭔 소리여~!!

"지금요?"

"응!! 텐리 녀석이 오늘까지 꼭 작성해줘야 할게 있어서."

"걔네 집은 팩스도 없대요?"

사실 우리 집도 없다. -_-

"응!"

"컴퓨터로 작성해서 보내라고 해요!!"

"그런 게 아니라서."

"⋯⋯."

"오늘 점심시간까지는 꼭!! 갖고 와야 되는데 할 수 있겠지?"

"글쎄요."

"할. 수. 있. 지?"

담임의 눈이 다시 한번 반짝_빛났다.

"아하하! 그까짓 것 껌이죠. 뭐~!"

이럴 땐 한없이 비굴한 내가 원망스럽다! 젠장.

"그래? 다행이다. 빨리 갔다오렴~."

"네."

속으로 눈물을 흘리며, 담임이 건네준 서류봉투 하나만 달랑 들고 밖으로 나갔다.

싸늘한 바람을 쐬며 한참을 걷고있었다.

뚝!!☆

하늘에서 물방울이 떨어졌다. 비 온다는 말 없었는데?

뚝..뚝!!☆☆

이번엔 두 방울이었다.

ㅇ_ㅇ헉, 비 오려는 건 아니겠지?

조금 빨리 걸었다. 만약 비가 오는 거라면 난 완전 좆되는 거다!!

한참을 그렇게 걸었다. 멀리 H아파트가 보인다!! 하지만 만약이란 말이 왜 있겠는가!?

뚝뚝뚝!!☆☆

연속으로 세 방울이 떨어지더니 갑자기 미치도록 피가 퍼부어댔다.

_쏴아아아_쏴아아아_ 정말 미치도록 퍼부었다!!

"아이씨! 짜증나 죽겠네!"

라고 말해봤자 소용없는 일!! 그냥!!죽어-라 H아파트로 뛰었다.

+115동 도착!!

난 완전 물에 젖은 생쥐 꼴이 되어있었다. 한마디로 완전 좆.됐. 다!!

엘리베이터를 탔다. 같이 탄 사람들이 눈치를 보며 스리슬쩍

피한다. 내가 무슨 버러지도 아니고 그렇게 난 엘리베이터 안에서도 왕따가 되었다.

13층 도착!!

띵-동!!★☆

고------요!!

띵-동!!☆★띵-동!!★☆ 띠이잉-동!!★

그렇게 계속 눌렀다. 그러다가 맛 들렸다. -_-

죽어라 벨만 눌러댔다!!

쿵쿵쿵!!★★★사정없이 문도 두드렸다!!

"누구야!!"

5분 정도 두드렸을까? 기생 놈의 목소리가 들려왔다.

"야, 나야. 문열어!"

"누… 구… 야?"

"짝! 추우니까 빨리 열어!"

"짝? 신…수연?"

"그려! 언농 열어! 춥다니께!"

달칵!!☆★

문이 열리고, 막 잠에서 깬 듯한 모습으로 기생 놈이 나왔다.

매우 웃겼다.

"네가 여기 웬일이냐?"

"담임이 전해주라는 게 있어서"

"그 꼴은 또 뭐냐? 밖에 비와?"

"엉!! 아~ 주 미친 듯이 퍼붓는다."

"그래?"

"야야!! 나 좀 들어가자!!아~ 주 찝찝해 죽겠다!!"

"잠깐 현관에 있어라. 수건 가져올 테니까."

기생 놈은 폐인 모습으로 수건을 가질러 갔다.

난 현관에서 이곳저곳 살피고 있었다. 그래봤자 거실밖에 안
보였다.

잠시 후 수건을 갖고 기생이 다시 나타났다.

"이설로 대충 닦고 들어와라."

"들어가서 닦음 안 돼?"

"닦고 들어와."

"엉!"

현관에 뻘쭘하게 서서 수건으로 대충대충 닦고 안으로 들어갔
다.

"기생!! 화장실이 어디야?"

"저-기!"

난 저-기라고 가리킨 곳으로 재빠르게 뛰어갔다. 비에 젖어
냄새나는 양말을 벗고 발을 깨끗하게 씻고 밖으로 나왔다.

"아핫핫! 나 봉지 하나만 주면 안될까?"

"왜?"

"양말 좀 담으려고 냄새가나서 말야. 하하핫!"

"……."

아무 말 없이 어디론가 가더니 검정 봉다리를 들고 오는 놈. 난 그때까지 민망해서 크게 웃고있었다.

"근데 여긴 왜 왔냐?"

"이거… 담임이 오늘까지 작성해야 된다고 해서….”

비에 다—젖은 서류봉투를 조용히 그 놈에게 내밀었다. 그 놈은 봉투와 나를 번갈아 가며 쳐다본다.

"뭐야 이거?"

"그게 말야 오늘까지 네가 작성해야 하는 건데…"

"뭐?"

"좀 젖어버렸네? 하하!"

많이 젖었다. 걸레 짜듯 짠다면 물이 뚝뚝 떨어질 정도였다.

"이거 어쩌라고?"

"좀 젖기는 했지만 말리면 작성할 수는 있을 거야. 하하하!"

"그래서.”

"이거 어쩌라고?"

+10분 후.

드라이어로 봉투 안에 있는 용지를 말리고 있는 나를 발견할 수 있었다.

저 놈은 팔자 좋게 소파에 누워 계시고 말이다!!

★11★

"야, 나 배고파!!"

팔자 좋게 소파에 가만히 누워있는 놈에게 한마디 던졌다. (기생이 아프다는 걸 잊고 있다.)

"야, 야. 배고프다고!"

"참아."

"어떻게 참아. 배고픈데!"

"야야!! 배고프다고!!"

"그럼 라면 끓여먹던가."

"끓여 줘~."

"끓여먹어! 식탁 위에 라면 있으니까."

저 자식은 '손님은 왕이다' 라는 말도 모르는 놈 인가보다. 하지만 난 결국 라면도 끓여먹었다. 그리고 설거지까지 했다. 이집 가정부 같다고 해도 할말 없다.

"힘들어 죽겠네!"

"용지 안 말리냐?"

"말릴 거야! 걱정마쇼!"

다시 가만히 앉아 용지를 말렸다. 웬지모를 이 찜찜한 느낌은 뭐지…?

그래! 그러고 보니 나, 비 맞은 옷 그대로 입고 있다. 열라 찜찜하다.

"야, 야! 이거 조금씩 말라간다."

"다 말리거든 말해."

"엉! 근데 나 한가지 부탁이 있는데….."

"또?"

"응! 나 옷 조 주라. 축축하고, 찜찜해서 미치겠어!"

"뭐?"

"좀 줘봐. 영화 같은 데서는 남자주인공이 알아서 주더만~."

"시끄러! 그냥 옷도 드라이어로 말려."

"이걸 언제 다 말려! 그냥 좀 줘. 치사하게 진짜!"

그 놈은 나를 한번 노려보고는 또다시 어딘 가로 향했다. 그리고 티와 성조기-_-가 프린트된 반바지를 던져줬다.

센스 없는 놈!

"야, 뭐야! 이거."

"친구가 놓고 간 거다. 너 입어라."

"티는 그렇다쳐도 성조기는 너무 하잖아."

"뭐?"

다시 한번 나를 노려봤다.

아아아악!! 오늘 진짜 갈굼 많이 당하네!

다시 5분 후 검은색 티와 성조기 반바지를 입고 용지를 말리고 있는 나를 발견할 수 있었다.

"으악! 팔 아파 죽겠다!!좀 도와주면 안 돼?"

"나 환자잖아."

"그래."

간단하게 무시해줬다.

"근데, 그거 언제까지 말릴 거냐?"

"거의 다 말랐어. 팔 아파 죽겠다니께!"

"……."

기생 놈은 말없이 소파에 누워있다. 저 화상!

한 시간 정도가 더 흘렀다. 팔이 심하게 아픔과 동시 드라이어를 내려놓았다.

"야! 용지 다 말랐어. 빨리 직싱해!"

용지를 소파 쪽으로 밀어주곤 기지개를 키며 大자로 뻗었다.

잠이 슬슬-오는 것이 이대로 자면은 좋겠다만… 기생과 나는 男 과 女, 늑대와 양, 건장한 사내와 순수한 소녀, 고양이와 생선

(고양이는 생선을 잡아먹잖아~꺄아♡꺄아♡)

나 혼자 좋아서 이리저리 뒹-굴렀다.

"아주 쌩쇼를 한다?"

"뭘."

"대자로 누워서 왜 그렇게 몸을 비비꼬냐고!"

"내, 내가 언제!"

"제발 그러지 좀 마라. 오싹하니까!"

"이씨! 빨랑 작성이나 해. 점심시간까지 들어가야 되니까."

그 놈은 내 목소리에 쫄았는데(절대 아니다.) 다시 고개를 돌려 슥슥_작성을 하고 있다.

65

난 가만히 멀뚱멀뚱 천장만 바라보며 조용히 슥슥_볼펜소리
와 쏴아아_빗소리를 듣고있었다. 그리고 잠시 후 쿠오오오_♬내
코고는-_- 소리도 이 소리들과 함께 한데 어우러졌다.

"… 야!"

"으음~."

"신수연!"

화들짝!!

"뭐, 뭐야!"

"학교 들어간다며? 안가냐?"

"엥?"

"지금 1시 다 돼간다!"

"뭐!!"

벌----떡★★!!

"뭐야, 나 잤어?"

"응."

"얼마나?"

"다 쓰고 보니까 너 코골면서 자고있더라."

"내가 무슨 코를 골아!!"

"골았어."

"안. 골. 았. 어!"

"골았다니까. 그래서 학교는 안 갈 거냐?"

"아아아! 맞다, 맞다. 야, 얼른 작성한 거 줘!"

난 기생 놈이 준 용지를 들고 서둘러 현관으로 달려갔다.

"야, 나 이 옷 잠깐만 빌려줘!"

소파에 누워있는 놈에게 크게 소리쳤다.

"학교에 그러고 갈려고?"

"미쳤어!!집에 들렸다가 딴 교복 입고 가야지~!"

"그래."

"그럼 나간다~너 학교 언제 나올 거야?"

"모레. 신발장 위에 우산 있으니까 갖고 가라!"

"오우~★정말?"

"속고만 살았냐?"

"푸히힛! 기생~thank you~.♡"

신발장 위에 있는 검은색 우산을 들고 나갔다. 집에서 옷을 갈
아입고 다시 서둘러 학교에 갔다.

교무실에 가서 담임선생님께 작성한 용지를 드리고 다시 우리
반으로 와서 오늘도 푸--욱 엎어져 잤다.

"수연아~.♡♡"

가 아니라 오늘은 반에 놀러온 곱슬이하고 하루종일 같이 놀
아줬다. ㅜㅜ

★12★

+이틀 후.

천곱슬과 지겹게도 놀아댔던 그저께와 어제는 물러가고, 다음 날이 돌아왔다.

오늘은 기생 놈이 오는 날이다. 난 아주 들떴다.

드디어 반에서 대화를 할 수 있는 놈이 나타나니까 말이다. 아 하하-! 하지만 기생 놈은 8시가 넘어도 들어오질 않았다.

+조례시간.

"지금부터 소지품검사가 있겠다!!"

뭐여! 저건 또 뭔 소리여!

"가방 안, 책상 서랍 안에 있는 거 모두 책상 위에 올려놔!"

헉! 오늘 내 가방 안에 기생 놈 성조기 반바지와 티가 있는데 티는 괜찮겠다만 성조기를 보시면 반응이 어떠실지….

"아악! 선생님 갑자기 검사하는 게 어디 있어요!"

"맞아요! 담배… 헙!"

"진작에 좀 말씀해 주시지…."

아이들의 반응은 참으로 다양했다. 그리고 담임선생님은 4분 단부터 천천히 소지품을 검사하기 시작했다.

몇 명이나 걸릴까?

"이게 뭐야, 너 담배 피니?"

"……."

"학생이 말야!"

"요즘은 초등학생들도 펴요!"

"뭐, 뭐?"

"초딩들도 핀다 고요!"

"이게 진짜!! 복도로 나가있어!!"

한 명~!

한번 단 한번_♫(세븐 노래中) 말 한번 해보지도 못하고 복도로
쫓겨났다.

"이건 또 뭐야? 누가 학교에 사복 갖고 다니래!"

"오, 오늘 할머니 생신 때문에 바로 가야 돼서…."

"넌 할머니 생신에 표범무늬 옷 입고 가니?"

"……."

"너도 나가있어!!"

두 명~!

이번에도 제대로 걸려 복도로 쫓겨났다.

그렇게 각 분단마다 두 명씩 걸려 계속 복도로 쫓겨났다. 앞의
착각 년을 거쳐 드디어 내 차례다.

"수연이 넌 이게 다 꺼내놓은 거야?"

"네?"

"뭐가 이렇게 없어!! 다 꺼내놓은 거냐고!!"

"아, 넵!"

"가방 좀 줘봐!!"

"왜, 왜요?"

"줘 보라니까!

담임은 가방을 확-낚아채더니 지퍼를 열어 티와 성조기 반바지를 하나씩 꺼냈다.

난 민망함에 고개를 푹 숙였다.

"이것들은… 뭐니?"

"……."

"신수연! 이 반바지는 뭐냐고!"

"그, 그게요."

"빨리 말 안해? 뭐가 찔리는 게 있나보다?"

"아니요! 누가 그런 거 입고 공부하면 잘 된다고 해서…."

"정말이야?"

아뇨! 거짓말이에요.

"다, 당연하죠!"

"근데 이거 남자…."

"하하! 오, 오빠 거예요."

"신수연!! 너 외동딸이잖아!!!"

깜짝 놀랐다.

으아악!!★담임 얼굴이 붉으락푸르락-한다. 리트머스 종이가 생각난다.

"이거 누구 거야!"

"그거 제가 산 거예요. ㅠㅇㅠ"

"너 자꾸 거짓말할래!!!"

70

담임은 성조기바지를 움켜쥐었다. 그거 제거 아닌데….

드르륵_!!!!!!☆☆쾅!!★★★★★

"야, 신수연!!"

갑자기 뒷문이 화-악 열리면서 뭔가 골난 듯한 표정의 텐리 놈이 들어왔다.

"어머! 텐리야! 다 나아서 온 거니?"

"아… 안녕하세요? 선생님."

"그래."

"그럼… 야! 신수언!!"

"으, 응?"

"너 이거 누가 놓고 가래!"

기생 놈은 갑자기 가방 안에서 검은 봉지를 꺼내들어 흔들어 댔다.

헉!!저거 내 양말 들어있는 건데….

"엇! 그게 왜 너한테 있지?"

"네가 우리 집에서 안 갖고 갔잖아."

헉쓰-! 갑자기 이곳저곳에서 웅성거리기 시작했다.

"뭐? 누가 누구네 집을 갔다고?"

"저거… 언제 텐리네 집까지 갔대냐?"

"아~ 주 전학 오자마자 가지가지 하는구먼!"

아아악!!! 그게 아니란 말야.

"너, 내가 이것 때문에 코가 썩는 줄 알았다."

"뭐가 썩어! 오버하기는~."

"한번 맞아봐야지?"

"아니, 근데 빨았어?"

"미쳤냐! 내가 이걸 왜 빨아."

아무튼 저건 틈만 나면 성질이라니까!! 차라리 아픈 기생으로 돌아가라. 그땐 꽤 조용했었는데 말야.

"야, 티하고 반바지 내놔!"

"뭐!"

"네가 입고 갔던 거!"

"선생님이 들고 계시잖아. 눈 뺐냐?"

"어? 그거 선생님께서 왜 갖고 계세요?"

"텐리야, 이거 니꺼…."

"친구 거에요. 주세요."

72

다시 기생 놈이 담임에게 말을 던지자 담임은 멀뚱멀뚱-기생 놈을 쳐다봤다. 그리고 또 한번 반 아이들의 웅성거림이 들려왔다.

"저건 또 뭔 소리야! 반바지와 티라니?"

"신수연이 텐리 것을 입었다는 소리 같은데?"

"저년 뭐냐! 진짜!"

"저게 꼬리 쳤구만?"

악악!! 저것들은 왜 또, 멋대로 상상을 하냔 말이다. 사실은 그게 아니란 말이닷!!!

"안 주시고 뭐하세요? 아아! 그거 움켜쥐지 마세요."

"이걸 수연이 입… 었다고? 왜?"

"쟤가 물에 젖어서요. 안 주실 거예요?"

"무, 물에?"

"네! 빨리 주세요."

텐리 놈과 담임은 한참동안 그렇게 질문과 "주세요"를 반복했다.

반 아이들도 멀뚱멀뚱-지켜보고만 있다.

"그럼, 양말은 또 뭐니?"

"양말도 물에 젖어서."

"너네 집에 놓고 갔다는 거니?"

"네! 근데 그거 안 주실 거냐고요!"

"선생님 질문 아직 안 끝났어. 끝나고 줄 테니까 대답이나 해."

갑자기 버럭 소리를 지르시는 선생님.

깜짝 놀랐다. 기생 놈도 마찬가지로 눈이 덴빡만 해졌다. 그리고 살짝 고개를 돌려 나를 노려봤다.

"아이씨! 네가 다 양말을 놓고 가서 그렇잖아!"

"뭐가! 누가 놓고 가고 싶어서 놓고 갔냐!"

"그러기에 누가 잠이나 쳐 자래!!"

헉-! 기생 놈의 그 말에 순간 모두 얼어붙었다.

담임도 반 아이들도 심지어 복도에서 서있는 아이들까지 나하고 기생만 서로를 바라보며 씩씩_대고 있었을 뿐이었다. 그리고 다시 웅성거리기 시작했다. 제길쓴!

"누가 뭘 잤다는 거야?"

"신수연이 텐리네서 잤다는 소리… 맞지?"

"그럼 어떻게 되는 거야? 이게?"

오해는 오해를 낳는 법!!

이것들이 한번 오해를 하니까 끝도 없이 말도 안 되는 소리만 줄줄 흘러나온다. 그리고 선생님은.

"텐리, 신수연! 교무실로 와!!!"

그 한마디 남기시곤 기생 친구 놈 성조기반바지를 들고 나가셨다.

기생 놈은 반바지를 찾기 위해 바로 쫓았고, 난 아이들의 눈빛이 견디기 힘들어 바로 놈의 뒤를 쫓았다.

+교무실

"대체 언제 이 일이 벌어진 거니?"

차분하게 말씀하시는 선생님 눈물까지 글썽인다. 아무래도 오해를 하시는 듯.

"대체 뭔 말씀을 하시는 거예요! 옷이나 주세요!"

"텐리 넌! 지금 옷이 문제야?"

"그거 오늘 갖다줘야 된단 말이에요!"

"그럼 수연이는!"

"쟤, 뭐요?"

"수연이는 어떻게 할거냐고!"

"쟤를 뭐 어떻게 해요! 진짜!"

서로 다른 얘기만 하고 있는 두 사람. 언능 내가 나서서 얘기를 정리해 줘야겠다.

"저, 저기요~ 선생님."

"수연이… 넌 조용히 하고 있으렴."

"아, 아니요~. 사실은 그게 아니라….."

"그래! 넌 조용히 하고있어."

"답답한데 어떡하라고!!"

"뭐가 답답해!"

할말 없다. 둘이 지지던 볶던 난 상관 안 할련다. 저렇게 말 안 통하는 사제지간은 살다-살다 처음 본다.

"옷이나 줘요!"

"옷이 문제냐고 지금!!"

"그거 늘어나면 죽도로 맞는단 말이에요!!"

주, 죽도! 다시 살아나는 악몽.

할 수 없이 다시 나서야겠구나! 이런 건 기선제압이 중요하다.

"선생님!!"

최대한 크게 소릴 질렀다.

"왜, 왜 갑자기 그러니… 수연아?"

오예!! 성공!!★그럼 다음단계. 최대한 조리 있고 간단명료하게 말한다.

"선생님! 저희는 선생님이 생각하시는 그런 사이가 아니랍니다."

"뭐? 그럼 무슨 사인데!"

"친구사이죠."

"누가 그걸 몰라! 둘이 잤다며!!"

"저만 잤어요."

"뭐? 그럼 텐리… 니가!!"

"서, 선생님! 그게 아니라…."

"텐리 너! 선생님은 그렇게 안 봤었는데…."

기어이 떨어지는 눈물 한 방울. =_= 진짜 돌아버리겠다. 교무실에 있는 선생님들, 교감선생님마저 뚫어져라 보신다.

"텐리. 너 어떻게 그럴 수가 있니!"

"옷이나 주세요!"

"너 정말 끝까지…. 흑흑!"

"아악! 그 옷으로 눈물 닦지 마요! 제 거 아니라니까요!!"

"으엉!!"

결국 통곡하시는 선생님!!

그 바람에 교감선생님께서 우리를 교장실까지 끌고 가셨다.

우리는 교장실에서 한 시간동안 열심히 자초지종을 설명한 후 오해를 풀 수 있었다. 물론 기생 놈은 교장실에 가서까지 옷 내

놓으라고 협박했다. 못 말리겠다. 그리고, 교장선생님은 우리에게 한마디 덧붙이셨다.

"수연양, 텐리군! 서로가 아무리 좋아도 학생일 때는 안 돼. 알았지?"

"아, 네. -_-"

놈과 나는 서둘러 교장실을 빠져 나왔다.

"휴, 겨우 끝났다."

"이게 다! 네가 양말 놓고 가서 그런 거잖아!"

"뭐가! 네가 ㄱ 얘긴 안 했으면 아무도 모르는 거였어."

"아무튼 꼭! 일을 벌려요."

"너 이제 안 아프냐? 제발 좀 다시 아프신 게 어때? 응?"

"이! 곰 같은 게 뚫린 입이라고!!"

그 놈은 다시 한번 나를 콱-쥐어박았다!!

아아아악!!!★★ 열 받았지만 참았다. 따지면 따진다고 때릴게 분명했기에 꾸-욱 참았다!

대시 힘껏-째렸다.(계속 이 방법 쓸 거다.)

"표정이 좀 안 좋다?"

"응? 뭐, 뭐가?"

"눈!"

"눈? 눈이라니~."

"눈 풀라고! 또 맞으시려고 그러지?"

"아니야!!"

77

교실에 갈 때까지 계속 이런 정. 상. 적. 인 대화를 나눴다.

+교실 도착!

점심시간 되기 1분도 남지 않았을 때 도착했다.

문을 열자마자 쏴아아아─공기가 다른 게 무슨 공포영화 세트장 같았다. 여자아이들은 하나같이 긴 머리를 풀어 해친 채 커터 칼을 들고 중얼대고 있었다.

"뭐냐, 얘네 왜이래!"

"그, 글쎄! 좀 섬뜩하다."

"네가 더 섬뜩해! 달라붙지마."

짐승 같은 놈! 하지만 나는 기생이 아무리 구박해도 그 놈 옆에 찰싹 붙어서 내 자리로 왔다.

잠을 자고싶었지만 화장실이 급하던 지라 바로 화장실로 달려 갔다. 다행히도 반 아이들은 쫓아오지 않았다.

커터 칼 들고 쫓아오면 어떡하나 가슴 졸이고 있었다.

볼일을 시~ 원하게 보고 다시 갈려는 찰나!!

"야, 너!!! 잠깐 좀 보자!"

누군가 날 불러 세우는 것이 저번 폭탄머리 때와 같은 일이 벌어졌다.

★13★

덩치에 안 맞게 교복을 필요이상으로 줄여 입은 여자애가 나에게 말을 걸었다. 다시 한번 두려워졌다. 지금 나에겐 죽도도 없고 큰일이다!

"야! 너 맞지?"

"뭐가?"

"아침사건 말야!"

"아침시건?"

"그래."

"뭘 말 하는겨?"

"텐리 오빠 집에서 잔 년! 너 맞잖아!"

하~ 또 이 소리네. 지겹다 지겨워!!

"누가 잤다는 거야."

"이거 발뺌하는 것 좀 봐라?"

"발뺌이라니!!"

"야, 너 텐리 오빠하고 무슨 사이냐?"

"뭐?"

"무. 슨. 사. 이. 냐. 고!"

"너 1학년이냐?"

"그렇다."

"근데 난 왜 '야' 고 텐리 놈은 '오빠' 냐?"

아~ 열 받네!!

나! 천하의 신수연이 1학년에게 '야' 라는 소리까지 들어야하다니!!

"니가 선배다운 행동을 보여줬냐?"

"뭐?"

"선배답게 행동하면 너도 언니라고 불러줄게!"

"뭐 이딴 년이 다 있대냐!"

"뭐라고? 너 방금 뭐라고 했어!!!"

덩치놈은 소리를 꽥꽥_질러가며 다가왔다. 순간 움찔했다.

"뭐라고 했냐고!"

"됐어, 시끄러워. 아무튼 됐다! 난 바쁘니까 갈란다."

"너! 텐리 오빠한테 다시는 접근하지마!"

"접근 안 했다니까."

"이게 끝까지 이러네!!"

"안 접근했다니께. 진짜여!"

"이게 진짜!!!"

화---악!!★★★

갑자기 그 아이는 내 머리채를 휘어잡더니 사정없이 흔들어댔다.

@.,@눈앞이 _핑글핑글_도는 것이 저 잡것이 너무 흔들어대나 보다.

"아아악!! 어지러워!!"

"그러니까 거짓말하지 말라고!!!"

사정없이 흔들어댄다. 심하게 빙글빙글_돈다.

"아어~! 이게 진짜!!"

나도 덩치뇬의 머리를 휘어잡은 채 미친 듯이 흔들어댔다. 어느새 내 손엔 그뇬의 머리카락이 한 움큼 쥐어져 있었다!!

"악악악! 놔, 놔!"

"절대 그렇게는 안되지."

"놓으라고! 머리털 다 빠지겠다!"

"벌써 한 움큼 삐졌네요. 하하하!"

"뭐? 이게 진짜!!!"

덩치뇬은 머리를 한바퀴 돌리면서 참으로 기술적으로 빠져나왔다. 그 덕분에 내 손엔 또다시 머리가 한 움큼 쥐어졌다.

"아야야!!너 대체 얼마나 뽑은 거야!"

덩치는 씩씩대며 나를 쳐다보고 있었다. 머리도 부스스-한 것이 이런 말이 떠오른다. '미친 년! 산발이네.'

아무튼 덩치뇬의 머리가 폭탄 맞은 것처럼 부스스했다. 어찌 보면 폭탄패거리로 착각할 수 도 있겠지만 저건 확실히 '블랑카' 였다.

아는 사람은 알 것이다. 예전 '스트리트 파이터'에서 녹색 괴물로 나왔던 놈!!

늘 전기공격을 하던 내가 제일 싫어하던 파충류였다!

"너, 얼마만큼 뽑았냐니까!!"

"이만큼."

"헉!! 뭐야, 뭐야!!"

"이거 갖고 놀라지마. 이만큼이 더 있으니까~. 히히-"

난 웃으며 다른 한 손으로 쥐고있는 또 다른 한 움큼을 보여줬
다.

블랑카의 표정이 변했다. 전기공격 하려는 모양이다-_-

"어쩐지 좀 아프다했어. 그래! 이제 막가보자!"

"너 원래부터 막갔었어."

"이게 끝까지!!!"

갑자기 블랑카가 나에게로 달려들었다. 난 미친 듯이 뛰었다.

82

"야, 씨발!! 너 거기 안서?"

"너 같음 서겠냐!!"

죽어라 달렸다. 오늘도 100미터 15초대를 유감 없이 발휘하
며 달렸다.

"야! 서라고!!"

저 인간은 힘들지도 않나 보다.

헉헉_숨소리 하나 내지 않고 눈에 쌍심지를 켜고 쫓아온다.
아~ 난 요즘 따라 계속 쫓기네!!

"야, 야. 제발 좀 그만 쫓아와라."

"너나 좀 서."

"이씨! 제발 좀 가란 말이다."

닭똥 같은 눈물을 뚝뚝 흘리며(거짓말이다.) 죽어라 달렸다. 난

더 이상 갈곳이 없었다. 할 수 없이 택한 곳은 3층 여자 화장실!!

재빠르게 세 번째 칸에 들어가 쥐죽은 듯 조용히 있었다.

"야!!"

아악! 저 잡것이 계속 반말이네.

"야, 너 존 말로 할 때 나와라."

"……."

"야!!! 너 진짜 안나와!"

당장이라도 나가서 콧구멍에 드릴을 쑤셔 넣어버리고 싶었다. 밖에 있는 블랑기가 덩치가 작았냐면 말이다.

한참을 그렇게 있었다. 난 절대 여기서 나갈 생각이 없다. 시간이 계-속 흘렀다.

쿵쿵-쿵쿵!!!★★★

"야, 너 나오라고!"

쟨 몇 분 째 저렇게 두드리고 있다. 아주~ 지겨워 죽겠다.

다리가 조금씩 저려오는걸 느낌과 동시 난 계속 코에 침을 발랐다.

쿵쿵쿵!!!★★★

"문 열라고!!!"

절대 못 연다. 그러니까 제발 좀 가라고!

"그래! 네가 그렇게 뻐긴다면 나한테도 다 생각이 있어."

"생각은 무슨 제발 좀 가라. 다리 저려 죽겠다. 진짜!"

"그딴 건 나와서 말해라."

83

"싫어!"

소리를 꽥지르고 쭈그려 앉았다.

계속 코에 침을 발랐다. 그리고 밖에는 조용해졌다. 그래도 아직 안심하긴 이르다.

뚝! 뚝뚝!!☆☆

"뭐야?"

천장에서 물이 뚝뚝 떨어졌다. 그것도 구정물이었다.

"아이씨! 뭐야? 이거."

무엇인지 확인하기 위해 위를 올려다봤다.

"으악!!"

갑자기 무엇인가가 내 얼굴을 덮쳤다.

냄새도 구리-구리 한 것이 기분 더러웠다.

"아하하-얍얍얍! 맛 좀 봐라."

"으악! 뭐야, 이게!"

"뭐긴 뭐야. 대걸레지. 아하하-"

그렇다. 블랑카는 위에서 대걸레로 마구 쑤셔대고 있었다. 저, 화상!!

"야아아-! 더럽게 뭐하는 거야!"

"그러니까 빨리 나오던지~."

"야, 야. 안 치워? 아악! 치우라니까!"

"나와~ 나오면 치울게. 얍얍!"

신났다. 저거 아-주 신났다.

'얍얍' 이 뭐냐. 대신 난 기분 존. 나. 상. 했. 다!

"내가 이거 치우라고 했지!"

"나와! 나오라니까~. 얍얍!"

"아아악! 짜증나게 이게 진짜!!"

대걸레를 휘어-잡아 세게 위로 올려버렸다. 그와 함께 블랑카의 몸이 갸우뚱했다.

난 다시 이 기회를 놓칠세라 다시 한번 블랑카의 이마빡을 사정없이 공격했다.

"아아아악! 아프잖이."

"복수다 이것아. 얍얍얍!!"

난 어느새 블랑카의 '얍얍' 을 따라하고 있었다.

힘이 빠졌는지 블랑카가 밑으로 떨어졌다. 난 다시 옆 칸으로 가서 사정없이 공격했다.

"아아악-야, 나 진짜 아프다니까! 멍들겠어."

"벌써 멍들었어. 넌 더 멍들어야대! 얍얍!"

"이씨!! 너 대체 원하는 게 뭐야!"

"너 맞는 거. 얍얍!"

"야야, 제발 좀 놔줘. ㅜ_ㅜ 미안하다고."

살면서 이렇게 미치도록 사람 때려보긴 처음이었다.

마대를 휘두르며 '블랑카' 의 이마에 멍이 시퍼렇게 들도록 때렸다. 엄한-얼굴의 블랑카가 매우 불쌍해 보였다.

"쳇! 여기까지만 한다. 너! 한번만 더 '야' 라고 해봐! 죽을 줄 알아!"

영화 속 한 장면에서처럼 멋지게(?) 한마디하고 그 곳을 나왔다.

아이고~!! 삭신이 다 쑤시고 다리가 심하게 저리다. 교복에는 구정물이 잔뜩 묻었다.

땡땡땡_♬ 종이 울렸다. 벌써 5교시인가보다! 난 한 시간을 블랑카와 싸웠다.

재빨리 교실로 뛰어갔다. 오로옷-! 웬일로 기생은 앉아있었다.

"어? 안자고 있었네?"

"어디 갔다왔냐?"

"하하! 치열한 전투 좀하고 왔다."

"하루종일 바쁘시네."

"하하! 전투 때문에 그렇다니까."

"구라 까지말고, 우-욱! 뭐야, 이 역겨운 냄새는?"

"역겨운 냄새?"

"걸레 썩은 냄새난다."

"뭐여! 걸레 썩은 냄새가."

"야야, 가까이 오지마! 뭐야? 교복은 또 왜 그래!"

"아~ 이거? 전투의 흔적이라고 해야할까? 하하!"

"……."

기생 놈은 내 말을 무시하며 코를 막고 책상에 엎드렸다. 그리고 그 날 우리 반 아이들은 하루종일 걸레 썩은 냄새를 맡아야했다.

가뜩이나 아침사건으로 나를 향하는 시선이 곱지 않은데 결국 난 다시 왕따의 길을 걸어야 했다.

★14★

기생 놈과 최대한 멀-리 떨어져서 앉았다.

기생 놈이 긴질히 원하는 거라 나도 어쩔 수가 없었다.

"아무튼 유난이라니까!"

"유난이건 말건 난 걸레 썩은 냄새는 싫어."

"뭐가 걸레 썩은 냄새라는 거야!

"지금 너한테 나는 냄새가 걸레 썩은 냄새라는 거다!"

"이씨-!"

"잠이나 자. 오늘따라 왜 이렇게 안 자냐?"

안 그래도 자려고 했다. 다리도 저리고 삭신이 다 쑤셔서 말야.

난 언제나처럼 책상에 엎어졌다. 계속 다리가 _후들후들_ 떨린다.

"야야, 책상 흔들려."

"그냥 넘어가. 안 멈춰져. -_-"

"아무튼 가지가지 해요!"

난 그렇게 계-속 오늘하루 기생 놈에게 쓴 소리를 들어야했다.

학교가 파하자마자 집으로 잽싸게 달려갔다.

띵------동!!☆★

"엄마~ 딸 왔어~!! 문 열으요~. 딸 왔다니께!!"

고…… 요……

민망할 정도로 고요했다. 집엔 아무도 없었다. 문을 열고 들어가 제일먼저 부엌으로 냉장고로 향했다.

엇!! 문짝에 웬 메모가 붙어있었다.

- 너 여기 제일 먼저 온 거지?
엄마 급히 할머니 댁 내려가니까 내일 오후에나 올라 올 거야.
밥 잘 챙겨먹고 뭐 잘 챙겨먹을 건 당연하겠지만
그래도 혹시 모르니 돈은 네 방 책상 위에 놓고 가마-

기쁜 말과 기분 드러분 말이 섞여있었다. 아빠도 오늘 안 들어오시고 혼자 집에 있어야 되는 건가?

아파트라 혼자 있으면 무서운데…. 난 바로 방에 들어가 잠을 청했다.

「아아아악!! 꺄아아아아-악!!」

"으음~ 뭐야…."

어디선가 들려오는 정체 모를 여자의 비명소리에 잠에서 깼다.

눈을 떴을 때 밖은 깜깜해있었고 머리맡에 놓아둔 핸드폰 시계를 보니 새벽 1시였다. 신경을 끄고 다시 눈을 감았다.

「아아악-! 흐흑, 하지마!! 이거 놔요!!」

또 다시 들려왔다. 무슨 일이 있는 건가? 등골이 오싹했다. 계속 여자의 목소리가 들려왔다.

그리고 한 10분쯤 후 여자의 목소리가 끊겼고 내 방 창 밖으로 불빛이 보였다.

"근처 수상한 사람으로 보이는 남자 못 보셨어요?"

수위아저씨가 누군가에게 묻는 듯했다.

「아아앙-!! 아아아아악!!」

여자의 울음소리가 들린다. 웅성웅성-사람들의 목소리도 들린다. 혼자라는 생각에 너무 무서워서 이불을 머리까지 덮었다. 하지만 그 두려움은 좀처럼 가시질 않았다.

따르릉 +☆ 핸드폰이 울렸다.

"여… 보세요?"

"야!"

처음 듣는 낯선 음성.

"누… 구세요?"

"씨발년아!! 빨리 나와라!"

"네? 누, 누구신대요?"

"나 지금 너네 집 앞이거든? 쿡쿡- 빨리 나와! 아님 내가 들어갈까?"

"네? 누, 누구세요….."

'근처 수상한 사람으로 보이는 남자 못 보셨어요?'

방금 수위아저씨 말이 떠올랐다. 난 재빨리 종료버튼을 눌러버렸다. 소름이 끼쳤다. 다시 한번 이불을 푹-덮었다. 하지만 소용 없었다.

몇 분을 그렇게 이불 속에서 오들오들_떨다 핸드폰 플립을 열고 한 녀석의 번호를 눌러갔다.

뚜르르 뚜르르

=누구야!

퉁명스럽기 만한 텐리의 목소리. 그래도 이렇게 반가운 건 왜일까? 만난 지 얼마 되지도 않았는데.

-나…야…

=신…수연?

그 놈은 단번에 나인 것을 알아차렸다.

-응.

=목소리가 안 좋다? 무슨 일 있는 거냐?

-으, 응. 훌쩍….

=우는 거냐? 왜 그래!

-흑, 텐리야. 나 무서워 죽겠어….

=무슨 소리야?

-밖에 누가 있어. 여자 비명소리하고….

=무슨 소리하는 거야? 하나씩 말해봐!

-흐흑, 무서워. 나 무서워 죽겠다구!

떨려서 단 한마디조차 제대로 나오질 않았다.

-나 집에 혼자 있단 말야. 아무도 없단 말야.

=신수연!! 정신차려!! 울지 말고 집이 어디야?

무슨 말을 어떻게 한지 모르겠다. 텐리에게 우리 집을 알려줬
는지, 어떻게 된지, 어느 하나 기억이 나지 않는다.

잠이 오질 않는다. 밖에서 무슨 일이 벌어진 걸까? 그 비명은
뭐였을까?

내 방 창문으로 검은 그림자가 비쳤다. 그 검은 그림자는 전혀
불안감을 주지 않았다.

오히려 마음이 편안해지는 느낌!?

"헉, 헉… 야, 신수연! 자는 거야?"

숨을 가쁘게 몰아쉬는 텐리. 뛰어 온 건가?

"아니, 나 아직 안자고 있어."

"안자고 뭐해! 빨리 자."

"나… 무서워서 못 자겠어. 누가 들어올 것 같아."

"내가 밖에 있는데 누가 들어와!"

"……."

"걱정말고 자!! 알았어?"

"……."

텐리는 내가 못 듣게 하기 위해서인지 들리지 않게 작은 소리

로 말했다.

　바보 같은 기생!! 그래도 난 다 들었다.^-^

　"너 잠들 때까지 기다릴 테니까…"

+다음 날.

　"음냐~ 음냐~"

　무거운 눈 두덩이를 제끼고 겨우겨우 눈을 떴다. 언제 잠이든
거지?

　으으윽!!아무 기억이 없다.

　머리맡에 놓여있는 핸드폰을 집었다.

　'새로운 문자메시지 도착 – 기생 텐리' 이 놈 내 번호 모를텐
데….

　-+잠든 것 같아 간다. 내일 일찍 와서 한 대 맞자.

　내가 잠들 때까지 기다린 건가?

　크윽! 코끝이 찡한 것이 감동 받았다. 라고 할 뻔했지만….

　-일찍 와서 한 대 맞자- 무슨 표어도 아니고 이것이 상당히
거슬리는구먼!!

+교실 앞 도착.

앞문을 빼-꼼히 열어 먼저 그 놈의 존재여부를 확인했다.

'오호~ 아직 안 왔군. 휴우~.'

안도의 한숨을 내쉬며 교실 안으로 한발자국 내딛었을 때. 뒤통수에 강한 통증이 밀려왔다. 뒤를 돌아 바로 확인작업_!!! 역시나 기생 놈이었다. 젠장!

근데, 녀석의 손엔 뻘건 복싱장갑이 껴있었다. 저건, 대체 왜끼고 온 거야. (여기까지 3초 걸렸다.)

"이씨! 또 왜 때려!"

"아침에 문자 봤지?"

"그, 그게 뭐!"

"나 새벽에 얼어죽을 뻔했거든? 맞을 건 각오하고 왔지?"

그 놈은 두 주먹을 맞부딪히며 째릿째릿-날 노려보고 있었다.

TV를 너무 많이 본 듯. -_-

나 이제는 복싱장갑 낀 주먹으로 맞는 건가?

기생이면 기생답게 가무나하지 지가 조폭도 아니고 만날 때리고 그래. 아아~ 어떻게든 말을 돌려야되는데….

"아! 야, 너 내 핸드폰 번호 어떻게 알았어?"

"발신자."

"그, 그래? 그럼 너! 어제 몇 시까지 있었어?"

"말 돌리려는 너의 속셈이 훤~ 히 보인다."

"그, 그러냐?"

"내가 오늘새벽에 친구한테 힘들게 복싱 배워왔거든? 그냥 기분 좋게 한 대 맞아라!"

94

어떤 또라이가 기분 좋게 맞겠냐! 복싱장갑 낀 주먹에…!

"잠깐! 하나만 더!"

"또 뭐?"

"어제… 밖에서 무슨 일 일어났었는지… 혹시 알아?"

"……."

"알아? 무슨 일인데? 알면 말해봐…."

"성폭행…."

성폭행? 어떻게 그런 일이….

"뭐? 어디에서?"

"11층 계단. 아~ 때릴 맛 다 사라졌다."

책상에 엎드려 디비져 자는 기생 놈. 아싸뤼-안 맞았다!!나이

쑤-☆ (감정기복이 필요이상으로 심한 신수연)

★15★

그 놈은 복싱장갑을 낀 채로 잠들어버렸다. 두 손을 앞으로 모
아 베개삼아 잠들어버렸다.

역시 알 수 없는 놈이었다.

나도 옆자리에서 디비져 자려고 몸을 바-짝 책상과 밀착시켰
을 때.

"수연아~.♡♡"

또다시 대량의 하트를 뿌리며오는 천. 곱. 슬!!

"어? 뭐야! 우리자기 자는 거야?♡"

"엉. 네 자기 방금 엎어졌단다."

"그래? 그럼 할 수 없지 뭐…. 근데 나 너한테 물어볼게 있는
데~.♡"

또?

"뭔데?"

"네 이상형 말야. 전부터 물어 보려고 했었는데 기회를 놓쳐
서.♡"

별 이상한 걸 물어보네. 그려….

"이상형이라면..아주 간단해!!엄----청 싸가지 없는 사람!!"

일부러 이 놈과 정반대인 사람을 말했다.

"뭐? 그럼 나하곤 너무 거리가 머네…."

"……."

"근데 어째 텐리하고 비슷하네?"

"뭐!!"

"아이쿠! 깜짝이야. 놀랬잖아. 수연아♡"

내가 더 놀랬다. 그리고 보니 엄-청 싸가지 없는 사람하면 기
생 놈이 최고이긴 하지!! 젠장~.

"혹시 텐리 좋아했던 거야?"

"죽고잡냐!"

"하하!♡요즘 소문도 있고 그래서…."

"원래 소문이란 건 믿을 만한 게 못 되는 법!"

"그래?♡어, 좀 있으면 선생님 들어오시겠다. 나 다시올게~.♡"

"어, 어."

또 한번 대량의 하트를 뿌리며 사라졌다. 정말 지겹다. 저노무 하트!! 제발 오지 마라, 오지 마라!!!

"갔냐?"

"크헉- 뭐여! 깜짝 놀랬잖아."

한쪽 눈만 살-짝 뜨고 말하는 기생 놈. 안자고 있었나보다.

"갔지? 곱슬 놈."

"어."

"휴~ 그래 알았다."

+6교시 국어시간!!

정체불명의 선생님이었다. 목소리는 분명 남자인데 그 외 것은 XX염색체를 갖고 태어나신 특이하고 약간 두려운 샘이었다.

얄딱꾸리한 '사랑의 매'를 들고 다니시는 선생님!! 기생의 죽도하고 매우 흡사했다. 엉엉!(죽도 공포증)

그래! 죽도 하니 생각난 기생 놈!!

오늘도 기생씨는 열심히 주무실줄 알았는데 무언가를 공책에 끄적-거리고 있다. 네놈이 드디어 맘을 잡은 게냐!!

"기생~ 뭐해, 뭐해? 공부하는 거야?"

97

툭!!☆그 놈을 건드렸다.

푹! 털-썩☆★-_-이게 뭐다냐?

기생 놈을 살-짝 건드리자마자 책상에 엎어졌다. 그래. 니가 그러면 그렇지. 넌 아직 마음을 잡기에는 너무 나이가 어려!!

근데 분명 오른쪽 눈을 뜨고 있었는데.

아-앗! 이게 혹시 그 말로만 듣던 '눈뜨고 자는 사람 인(人)' 인가? 오옷!

내 눈으로 직접 보니 참으로~ 영광스러웠다!! 기생!! 너의 이미지는 날로 갈수록 땅으로 꺼지는구나_!!

그렇게 눈뜨고 자는 기생 놈을 바라보던 국어시간은 끝이 났다. 그리고 담임이 기-인 종례를 한창하고 있을 때쯤 그 놈은 _ 부비적-부비적_거리며 일어났다.

"몇 시냐?"

"4시. 지금은 종례시간!"

"벌써 그렇게 됐냐?"

"응! 어머어머! 근데 너 눈에 눈곱꼈어. 지저분해. 까르르르-"

"미친! 네 눈이나 닦아!"

그 말 한마디뿐. 바로 나를 외면해 버렸다.

그래!! 나도 눈에 눈곱 낀 놈하곤 얘기 안 한다. 퉤--에엣!!

"퉤에엣!!"

"퉤… 에엣?"

헙!! 분명 속으로 생각하던 말이었는데 이렇게 밖으로 튀어나와 버리다니 기생 놈의 표정은 매-우 좋지 않았다.

"지금 나한테 침 뱉으려는 거였냐?"

"아, 아니! 이게 속으로만 생각했던….."

"속. 으. 로?"

"아니라니께!!"

그렇게 우리는 다시 싸움을 시작했다.

처음에는 말싸움으로 시작하다가 한 단계 업그레이드를 시켜 한대씩 주고받으며 유치뽕짝으로 둘이 쇼를 하고있을 때쯤 어느새 담임의 기-인 종례는 끝이 났디.

우리를 곱지 않은 시선으로 보고 계셨던 담임의 종례는 끝이 났다. 두 주먹 불끈 쥐며 '두고보자' 라는 눈빛을 보내는 담임의 종례는 끝이 났다.

난 재빨리 밖으로 뛰었다!!혹시나 담임이 쫓아 올까봐. 하하!!

그렇다! 난 혼자 북 치고, 장구 치고 잘 논다. 그리고 오늘도 자정이 지나도록 우리 부모님의 모습을 볼 수 없었다.

아빠는 PC방에서 스타나 하시겠고, 엄마는 모르겠다.

오늘도 그렇게 아무도 없는 집에서 혼자 밤을 보냈다.

이불 푸----욱 뒤집어쓰고.

+다음 날.

오늘따라 일찍 일어나서 준비를 하고 학교에 도착하니 7시가 조금 넘었다.

　사실 일찍 일어났다기보다는 제대로 잠도 못 잤다. 혼자 있음 귀신 나온다기에 기생 놈한테 전화하려했지만 이번엔 정말 복싱장갑 낀 주먹으로 맞을까봐 못했다.

　교실 안에는 내가 모르는 아이들만 잔뜩 있었다.(참고로 반에서 아는 사람은 기생과 착각 년뿐임.)

　할 일도 없고, 뻘쭘하게 앉아있기 뭐해 늘 하던 대로 잤다.

　"웅성웅성..웅성웅성."

　"시끌-시끌."

　한창 꿈나라 여행중일 때 내 옆에서 심하게 웅성대는 소리에 잠에서 깼다.

100

　살-짝 눈을 떠 소리가 나는 쪽을 보니 기생 놈 자리에 웬 치마를 두룬-_- 여자아이들이 잔-뜩 모여있었다.

　재밌을 것 같아 그녀들의 행동을 유-심히 지켜봤다.

　"오빠!! 저기요~ 오늘은 꼭 받으셔야 되요."

　1번. 이상한 상자 때기를 들고 와서 아부하는 아이.

　"오빠~♡너무 멋져요!!♡진짜 제 이상형 이예요."

　2번. 장풍운 동생 같은 아이.

　"오빠! 오늘도 안 받으면 가만 안둬요!!"

　3번. 협박하는 아이. =_=

　"흐흑, 오빠 난 진짜 오빠 좋아한단 말예요. 왜 제 맘을 몰라 주는 거예요~."

4번. 아~ 주 울며 쌩쑈하는 아이도 있었다. 젠장~!!

이때쯤 기생 놈의 반응은.

"셋 하기 전 사라진다. 하나, 둘….."

또 카운트 세고있다. 그리고 사사삭_하는 소리와 함께 오빠부대 아이들은 사라졌다.

그러고 보니 저 들도 떼거지로 몰려다니는구나!!

"어이~ 기생! 아침부터 이게 뭔 난리야? 시끄럽잖아."

"아침부터 잔 것이 말은 많네."

"넌 안 잤냐!!"

"안 보이냐? 일어나 있잖아."

"…그래."

꼬르르륵_♬참으로 민망스럽게 뱃속에서 벨이 울렸다.

"어? 이런 하핫! 내, 내가 아침밥을 안 먹어서 하하하~"

"그래?"

"응, 좀 배고파서…. 하하하!"

민망하다.

"내가 맛있는 거 줄까?"

"어? 진짜. 진짜?"

"응, 먹어라!凸"

저 믹서기에 갈아먹을 놈!!

아무튼 내 인생에 도움이 안 돼!! 라고 생각한 것도 잠시! 그 놈은 웬 상자 안에서 쿠키를 꺼내 말없이 내 쪽으로 내밀었다.

오오-오오옷-!!!

"뭐야? 나 주는 거야?"

"응."

"정말? 정말? 엉엉! 나 감동 먹었어. 역시 너 밖에 없어!!"

걸신들린 사람처럼 눈에 불을 켜며 쿠키를 입 속에 마구_넣고 있었다. 그리고_우적우적_마지막 한 개 남은 쿠키를 입 속으로 집어넣었을 때 그 놈이 말한다.

"그럼 쿠키도 먹었으니 그만큼 대가를 치러야지?"

놈의 눈이 반짝반짝_빛이 났다.

"무, 무슨 대가!"

"먹은 대가."

"그런 게 어딨어!"

"여기 있다."

아무튼 저 우기기 대장 놈!! 다시 아-주 뻔뻔한 얼굴로 날 바라보며 말을 이었다.

"너, 잠시 나하고 사귀는 척해라!"

★16★

컥!!콜록콜록 커커커거컥 컥!! ☆★☆

얘가 지금 뭐 라는 거예요?

"커컥! 나 목에 걸렸어. 으윽-뭐라고? 다시 한번 말해봐."

"사. 귀. 는. 척. 하. 라. 고!"

"내가 왜!"

"쿠키 먹었잖아."

"그건 네 맘대로 준거잖아. 안 해!!!"

"오호~ 그래?"

"그래!!"

"그러셔?"

"그, 그렇다니께!"

녀석의 표정은 그야말로 압박이있다.

"다시 한번 묻는다. 안 할거냐?"

"안 한다니까! 지, 진짜!"

"아~ 그럼 내일은 유도나 좀 배워올까?"

하….

기생 놈은 그 말만을 남겨놓은 채 다시 엎드렸다. 물론 나도 같이 따라 엎드렸다. 왜? 졸리니까!

여기서 잠깐! 나보고 왜 자꾸 잠만 자냐고 묻는 당신! 내 입장 되어봐라. 반에 적이 많은 나에겐 잠만이 유일한 친구이다. 허나 기생 놈이 자는 이유는 나도 모르겠으니 물어보지 말기를~.

그렇게 가끔 경기도 일으켜주며 한참을 자고 일어나 보니 4교시 끝을 울리는 종이 땡땡_♬울렸다. 그리고 5분도 채 지나지 않아 앞문, 뒷문, 창문(앗, 여기는 아니고)에서 소녀들이 물밀듯이 몰려왔다.

"오빠~♡♡"를 외치며 뛰어오는 소녀들 정말 장풍운 동생이 아닐까 의심스러웠다.

"어? 텐리 오빠 자는 거예요?"

"응, 잠깐만 깨워줄게. 야, 기생! 일어나 봐! 애들 왔어."

소곤소곤-그 놈의 귀에 대고 말을 했다.

저 텐리부대-_- 내가 소곤거리는 게 맘에 안 들었나보다. 그녀들의 표정은 실로 살벌했다. 크흑! 이 학교는 후배 님도 무섭다니까! 블랑카까지 포함해서.

잠시 후 눈을 거슴츠레 반만 뜨며 일어나는 기생 놈.

"으음~ 어? 쟤네 언제 왔냐?"

"방금. 그럼 난 깨웠으니까 나갔다온다~."

재빨리 일어나 밖으로 나가려했지만 '다' 자가 끝나기 무섭게 기생 놈은 내 머리를 잡아 댕겼다.

아프다. 엉엉.

"야! 여자한테 이렇게 함부로 대하는 놈이 어디 있어!"

"네가 여자였냐?"

"이씨!"

그리고 텐리부대의 말이 이어졌다.

"오빠! 제가 점심 싸왔어요.♡"

"오빠 진짜 멋있어요~.♡_♡"

"꺄아-꺄아♡"

고 난이도 하트 눈까지…. 악악! 정말 장풍운스러웠다.

장풍운을 두려워하는 이 놈은 분명 저 아이들도 두려워 할 것이다.

기생 놈의 표정? 푸하하!!아주 가-관이다. 나를 보는 표정보다 더~ 안 좋다--;;

"어이~ 너희들 눈엔 얘는 안 보이나보다?"

갑자기 내 머리를 잡아 내 머리통을 지 얼굴 쪽으로 갖다대는 기생 놈. 놈의 머리와 내 머리는 밀착되었다.

쬐-끔한 머리 옆에 있으니 참~ 으로 민망스러웠다.

"걔가, 누군데요?"

'걔'? '개' 도 아니고! '게' 도 아니고!! '걔' ?

아아-악!!

"얘? 내 애인."

어머머~^///^저런 낯부끄러운 말을…. 쑥스럽게~ 라고 생각하면 오산이다.

난 지금 기분이 무척 드럽걸랑! 왜 하필 저 놈하고 엮여야되냐고! 그리고 기생 놈의 말에 아그들의 반응은 다양했으니_!!

"오, 오빠!!" 〈-기본적인 놀람의 표현만 하는 아그.

"미쳤어요? 왜 하필…" 〈-나의 주먹에 쫄았는지 말을 중단하는 아그.

"우~~엥~ 그런 게 어디 있어요!" 〈-여자의 최대무기 눈물을 이용하는 아그.

"……." 〈-어리벙벙~ 할말을 잃은 아그.

105

여기까지는 나에게 큰 자극이 되지 못했다. 하지만 그 다음이 문제였다.

"오빠! 요즘 잠이 많이 부족하셨나봐요? 혹시, 저 눈을 수면제 삼아 주무시려고요?"

빠지직_!

악의가 없어 봐주겠지만 상당히 기분 더러운 말을 뱉은 싸가지 아그!

"내 애인 욕 듣고있자니 기분이 좀 그렇다?"

기생 놈의 말이었다.

다시 한번 모두의 시선이 나에게 꽂혔다! 후배 건 같은 반 아

106

이들이건 사정없이 째려본다.

"아하하-!"

난 그런 눈초리를 향해 어색한 웃음만 지어 보였다.

"오빠! 정말 저 사람하고 사귀는 거예요?"

"선 · 배!"

"네?"

"신수연은 너희들 선배!"

옳지, 그럼! 난 너희의 하늘같은 선배지!! '걔' 이딴 것이 아니란다.('걔'라는 말에 강한 집착을 보이는 신수연)

"네, 그러니까 저 선배하고 사귀는 거 정말 맞아요?"

"그럼."

"근데 저 선배 표정은 아닌 거 같은데요?"

"……."

"왜 저렇게 표정이 이상한 언니하고… 눈도 처졌고."

이 깨물어 죽이고싶은 후배 것들이!! 대체 내 표정이 어떻다는 거야. 내 표정은 GOOD이었단 말이다!

크게~ 눈뜨고 야려 보다 걸리면 맞을까봐 실눈으로 바로 교체했고 저것들이 욕할 땐 처진 눈으로 야렸고, 다시 모두 나를 쳐다볼 때는 열심히 처진 눈을 닫았지.

근데 이게 뭐가 이상하다는 거여!! 단지 나의 컨셉인 비굴을 살리는 것뿐이었는데….

하지만 그런 나의 마음도 모르는 듯 기생 놈은 쓰-윽 내 표정을 한번보곤 자신의 입술을 내 얼굴 쪽으로 가져왔다.

어엇!! 기생~ 안 돼, 안 돼!! 애들 앞에서 뭐 하려는 거야~ 꺄아아!

-_-다시 수정하겠다.

놈의 입술은 내 귀로 다가왔다. 그리곤 속삭였다.

"제대로 안 하면 죽는다."

"… 허걱!"

작은 목소리였지만 오싹했다. 털이 _쭈뼛쭈뼛_서는 게 잘못하면 죽을 것만 같았다.

난 바로 작전을 변경해 외쳤다. 정말 살기 위해 외쳤다!

"아~ 후배님들 이제 그만 가시지?"

"갑자기 뭔 소리예요?"

"오랜만에 우리 둘. 좋은 시간 좀 가져보려 했는데 후배 님들이 방해하고 있잖아~. 안 그래?"

"뭐, 뭐라고요?"

"그냥 존 말로 할 때 꺼~ 지시지凸!"

"오, 오빠!!"

맞아 죽을까봐 무지 큰- 오버까지 옵션으로 달고 외쳤다!! 그리곤 기생 놈을 보며 씨-익 웃었다.

'이 정도면 되는 거지?' 라는 애절한 눈빛과 함께 말이다. 다행히도 기생 놈은 내 눈빛을 이해했는지 피-씩 한번 웃으며 텐리부대 에게 말을 한다.

"내 애인이 싫다고 하는데 어쩌겠어. 그만 돌아가라."

손을 내 허리에 감싸며 겉으론 부드럽게 웃으며 말을 했지만 난 느꼈다.

'돌아가라☞돌. 아. 가. 라.' 미묘한 억양이 붙은 것을!!

그것은 그 말이 나왔을 때 내 허리에 붙은 살을 꽉!! 잡아 비튼 그 놈의 손이 증거였다.

그 말과 동시에 소녀들은 물밀듯이 밀려왔을 때처럼 순식간에 사라져버렸다.

"오빠, 너무해요!!♡"

라고 말하면서 끝까지 하트는 붙이는구나. 그리고 그 놈의 손이 내 허리에서 자연스레 풀어지고 다시 한번 내 귀로 입을 갖다 대었다.

그리고 하는 말이라곤.
"아아악!! 졸려 죽겠네!!"
고막 터질 정도의 큰 소리를 지르고는 다시 엎어졌다.
그 날 이후 나에겐 큰-꿈이 생겼다.
꼭! 훗날 의사가 되어 저 놈의 머리를 해부해 보리라!!

★17★

놈을 향해 눈에 힘을 주며 째리다기 눈에 힘이 풀려 자버렸다.
　오늘도 역시 종례를 패스했고 담임은 오늘도 곱지 않은 시선
으로 나를 바라봤다.

　아~ 난 정말 왜 이러냐! 늘 똑같은 일만 반복되는 피곤한 하
루.
　가끔씩 기생 놈과 천곱슬 때문에 갖가지 사건들이 터져 주긴
하지만 난 일탈을 꿈꾼단 말이다. 아아아아───────앗!!
　오늘도 이렇게 또라이 짓을 해본다.

+집문 앞!

오늘도 아무도 없겠지?
달칵!!☆ 문을 열고 한마디 외치며 들어갔다.
"아~~ 오늘은 뭐하냐~~!! 졸라 심심해 죽겠네!"

"뭐? 야, 이년아!! 뭐? 졸라? 그거 누구한테 배운 말버릇이야!"

갑자기 부엌에서 식칼을 들고 나오시는 울 어머니!!

당----------황-★☆★☆

"어, 엄마! 언제 왔어?"

"졸. 라? 졸라? 네가 한번 졸라게 맞아봐야지? 응?"

"아, 아니야. 엄마가 잘못 들은 거야! 그, 근데 어디 갔다 언제 왔냐니께!"

"오호호- 같은 동 아줌마들하고 놀러 갔다왔지~.♡"

아~ 감정변환. 무슨 카멜레온도 아니고!!

"근데 맛있는 거 안 사왔어?"

"얘는 당연히 사왔지! 우리 딸 주려고 호두과자 사왔지요~."

"정말. 정말? 엄마 멋쟁이~.♡"

오옷! 호두과자라…. 어디 놀러갔다 오지 않는 이상 쉽게 먹을 수 없는 음식이 아니던가!

난 바로 모든 걸 다 잊은 채 감격의 눈물을 흘리며 먹었다.

우두두둑!! 우두두둑!! 으, 으윽!!★☆★

감격의 눈물도 잠시, 내 눈에선 피눈물만이 나올 뿐이었다.

무신 놈의 돌. 덩. 어. 리들이 잔뜩 들어 있는 건지 대체 이게 뭐야!!

정말 눈물의 후두과자구면~.

"엄마! 이거 뭐야! 대체 어디서 사온 거야!"

"아, 아니 그거~ 오다가 어떤 할머니가 싸게 팔기에…."

엄마는 바로 시선을 딴 곳으로 꽂으셨다.

그럼 그렇지! 하지만 그래도 난 돌까지 우적우적_씹어가며 호두 과자를 다−묵었다!!

배 아프다. 으웅웅!!!

"엄마, 나 배아파!"

"어쩌라고!"

"딸 배아픈데."

"배아프면 가서 똥 눠!"

"이씨!!!"

"시끄러워! TV소리 안 들리잖아."

엄마! 지금 날 버리려는 거야?

울상을 지으며 화장실로 들어가 아랫배에 힘을 꽈−악! 줬다.

변비인가? 배는 아픈데 왜케 안 나오는 게야.

한참을 생각했다. 옳지, 할마이 노래!! 난 예전에 TV에서 본 꼬부랑 노래를 부르기 시작했다.

♬꼬. 부랑할머니가 꼬. 부랑 고갯길을 꼬. 부랑 꼬. 부랑_♪

이렇게 '꼬' 자를 악센−뚜를 넣어가며 아랫배에 힘을 주고있을 때.

따르릉 +☆ 나의 전화가 울렸다.

−여… 보… 세요. 〈−아랫배에 힘준 채로 말하고 있음.

=… 하아… 하….

변태인가?

-여… 보세… 요! ⟨-여전히 힘주고 있음.

=하아…나야.

-니… 가 누군데!! ⟨-아직까지 힘주고 있음.

=하… 텐리.

에? 기생? 이 놈이 웬일이지? 하고 생각하자마자 젠장하게도!! 겨우겨우 세상 빛을 본 응가가 다시 쏘--옥! 들어가 버렸다.

'꼬부랑 노래' 까지 불렀건만.

-에이씨! 웬일이냐?

=하… 아 지금 어디야?

-지금? 화장… 아니~ 집이지. 하하! 왜?

=그냥. 잘 들어갔고?

이 놈이 갑자기 왜 이러지? 몹시 불안하네 그려.

-기생, 너 혹시 술 마셨어?

=아니. 그… 만 끊자.

뚜…뚜…뚜뚜…

이자식!! 자기 할 말만 하고 끊어버렸다. 젠장!

아악!!★근데 왜 이렇게 배가 아픈 거냐고!

한참을 앉아서 결국 응가 놈에게 세상 빛을 보게 해준 후 화장실 밖으로 나왔다.

TV를 보며 즐거워하시는 엄마를 힘껏. 야릴려고 했지만 두려

운 마음에 그냥 사랑스런 눈빛으로 지그시- 바라본 후.. 방으로
가 디비져 잤다.

　+다음 날.

　오늘은 즐거운 토요일이닷~.★
　"신수연!! 빨리 일어나! 학교 늦겠다!!"
　"으~ 음. 5분만….."
　퍼버버벅!!! 퍼버버벅!!!★☆☆★☆
　역시 오늘도 엄마는 나의 옆구리를 세차게-걷어차셨다!! 흐
잉!! 안 그래도 어제 기생 놈이 비틀어서 아파 죽겠는데!!!
　"아프잖아!"
　"이게!!!"
　아픈 옆구리를 부여잡은 채 대충대충 준비하고 쏜살같이 학교
로 뛰었다!!

　+교실.

　오늘도 역시 기생 놈은 없었다. 또 뒤에서 후갈길지도 모르는
불안한 마음에 커-다란 머리를 최대한 감싸고 안으로 조심스럽
게 들어갔다.
　토요일이라 오늘만은 수업을 열심히 들었다.

이 모습을 기생 놈에게 자랑하듯이 보여주고 싶었지만 기생 놈은 나타나지 않았다.

대체! 뭐 하느라 안 오는 거야?

그렇게 이 놈은 종례시간이 될 때까지 나타나지 않았다. 무슨 일이 있는 건가?

"선생님! 오늘 텐리 왜 안 왔어요?"

앞의 착각놈의 말이었다.

"맞아요! 무슨 연락 없었어요?"

"왜 그래요?"

웅성대는 교실. 엄-청 시끄러웠다. 여자목소리가 압도적!!

"자, 자! 모두 조용-히 하고! 텐리는 입원을 해서 일주일정도 못 나올 거야."

"네---에? 어디 아파요?"

"대체 무슨 일이에요? 무슨 병원인데요?"

다시 시장바닥이 되어버린 교실.

"얘, 얘들아. 조용히-!"

"웅성웅성."

"아~ 시끄러워! 종례 끝!"

담임도 못 참겠는지 아주 간단하게 종례를 끝냈다. 가방을 메고 교실을 나가려고 할 찰나.

"수연아, 잠깐 선생님 좀 보자!"

담임이 또 나를 불렀다. 혹시 지난날의 나의 잘못을 지금 때리려는 거 아냐?

필사적으로!! 도망치려했지만 이미 때는 늦어버렸다.

담임은 자연스레 내 어깨를 잡고, 교무실로 끌고 갔다.

"음… 다른 애들한테는 말하기 곤란해서 안 했지만 너한테는 말해야 될 것 같아서."

"… 네?"

"텐리 말이야…."

★18★

또 기생 놈 얘기야?

"걔! 무슨 일 있어요? 갑자기 웬 입원이래요?"

"후… 내가 정말 미치겠다. 그 녀석 어제 술 마시고 거리에서… 으휴…."

술? 이 자식! 술 마신 거 맞네.

"고가 쪽 사거리에서 싸움이 났었나봐."

"……?"

담임의 표정은 최악이었다. 여러 표정이 한데 모여 전혀 해석 불가능한 표정이었다.

"그 녀석이 그쪽 지나가다…."

아~ 답답해 죽겠네. 진짜! 좀 끊지 말고 말해봐요!

"왜요? 싸운 거예요?"

"아니, 그게 아니라… 아휴. 정말 왜 하필 걔는 싸움하는데 바로 옆으로 지나갔대니!"

"네?"

"하… 텐리 녀석, 어떤 사람이 휘두르는 각목에 세. 게 한 대 맞았나 봐."

맞았다고? 때린 것도 아니고? 이런~ 아주 가지가지 하는구나!!

"근데, 어딜 맞았는데요?"

"머리."

하~ 머리라….

분명히 말로 설명 못할 만큼 아팠을 거다. 난 안다! 죽도로 오쟈게 맞아본 난 그 아픔을 알 수 있다. 갑자기 텐리 놈이 불쌍해 보이네.

"그리고…."

"또 있어요?"

"어, 머릴 맞고 글쎄 중심을 잃고 넘어지다가 턱이 또…." (-_- 할말 잃음.)

"그래서, 수연이 니가 한번 가보고 와. 응?"

"별로 안 내키는데…."

"강X병원 506호거든? 선생님은 오늘 아침에 갔다왔었는데… 꽤 심하더라."

"그래요? 근데, 언제 그렇게 된 거예요?"

"어제 새벽 1시쯤인가? 대충 그때쯤이라 들었는데….”

어제 나한테 약간 맛이 간 상태로 전화했었을 때부터 알아봤
어야 하는 건데.

"갈 거지? 수연아.”

"그, 글쎄요.”

"선생님은 네가 갔음 좋겠다.”

"아-하하!!”

"수연아… 응?”

난 결국 선생님의 간절한 눈빛에 못 이겨 강X병원으로 향했
다. 이사 온지 얼마 되진 않았지만 우리 집 바로 앞(오버다.)에 있
어 듣자마자 알 수 있었다.

+병원도착!!

서둘러 506호까지 경보를 했다. 병원에선 조. 용. 히--!!!

스피디하게 506호 도착!! 4인용 실이었고 어째 좀 쪽팔린다.

문병 온 사람들은 없겠지? 그럼, 그럼!! 그 성격에 있겠어~.
크크-!

살--짝 문을 열고 조심스레 들어갔다. 하지만 그것도 잠시!!

"아하하하하! 으캬캬캬캬!!!”

잠시나마 열심히 조심스레 했던 것들은 한 순간에 무너져버렸
다.

그도 그럴 것이!

기생 놈의 모습은 머리엔 붕대를 칭칭-감아 미라 같은 모습에 턱에는 얄딱꾸리한 커다란 반창고를 붙이고 오만가지 인상을 쓰면서 천장만 멀뚱멀뚱_바라보고 있는 모습!!

저것이 내 눈을 즐겁게 해주는구나.

"아-하하하!"

병실안 사람들의 시선이 일체 내 쪽으로 꽂혔다. 민망스럽구나!!

"시, 신$%^&*@#%$^&"

뭐라는 거야!

"어머머! 텐리야! 괜찮아? 푸히히-!"

그 놈은 간단히 손을 흔들었다. '아니' 라는 말을 하려는 듯 웃으면 안 되는 상황이란 걸 알지만 자꾸 웃음이 터져 나온다.

"당신, 너무 미라 같은 거 아냐? 아하하!"

기생 놈에게 바짝 다가갔다. 지금 보니 기생 놈 바로 옆에 남자 둘이 서있었다. 모~ 두 멋진 아이들이었다.♡

츄르릅! 아~ 침 흐른다.

"어머! 안녕하세요?"

"아, 네. 텐리 같은 반 친구?"

"네! 짝이에요! 둘. 도. 없. 는. 짝! 호호-"

내가 생각해도 역겹고도 민망했지만 오랜만에 내숭을 떨어봤다.

텐리 놈은 검지로 날 콕!! 찍더니 훠이훠이-가라는 듯한 손짓을 했다.

"안 간다. 이 놈아~."

"가$#@%^*&"

"뭐래는겨. 아무튼! 근데 지금 꼴은 좀 오버 아니냐?"

하하! 저 놈이 원래 그렇죠 뭐… 바보잖아요."

얼핏 신현준을 닮은 아이가 말을 했다. 일본인처럼 생긴 아~주 귀여운 아이였다. 맘에 드는구나!

"어이$%^*#@&"

웬만하면 말하지 않았음 좋겠는데 뭔 소리야 진짜!

"그래, 알았다. 조금 있다 다시 올게. 큭큭!"

오오-옷!!저 꼬뇽 말을 알아듣다니! 신기(神氣)구나! 그리고 그 두 명은 밖으로 나갔다.

"누구야? 친구냐?"

"어."

"그래? 매우 맘에 들어~. 앞으로 쭈-욱!! 저런 친구들만 사귀라고!"

"&@*!$*%!"

"뭔 소리야 진짜! 알아듣게 말 좀… 아!!! 배… 가…."

갑자기 배가 또 아파 왔다. 꽈-악 움켜잡았다. 그 놈의 표정이 구리게 변한다.

분명 내 표정이 구려서 일거다.

"아, 으윽… 기생. 나 배아파!"

"화$#^&$@%^$&"

"화장실 가라고?"

"어."

저 말을 알아듣게 되다니…. 아악! 근데 배가 너무 아프다.

"아아아악!!"

큰 통증이 밀려왔다. 배를 잡고 주저앉았다. 기생은 멀뚱멀뚱 보고만 있다.

그리고 잠시 후 문이 달칵!☆ 열리더니 아까 그 친구들이 들어왔다.

내가 주저앉아 "아아악" 거리고 있으니 불쌍했나보다. 갑자기 한 명씩 내 팔을 잡았다.

다시 한번 병실 안에 있던 사람들 모두의 시선이 내 쪽으로 꽂혔다. 그리고 난 그들에게 질질질_ 끌려갔다.

"아아악!!★뭐야! 어디로 가는 거야!!"

★19★

질질질

으윽!!! 배아파 죽겠다★☆

잘못 먹은 것도 없는 것 같은데 그래!! 어제 그 호두과자가 조금 의심스럽긴 하다만 아무튼 난 그렇게 텐리 놈 친구들에게 질질 끌려갔다.

　오질라게 오랫동안 기다린 후 검사를 받았다. 초음파검사에
소변검사(민망하군.)과연 나의 병명은 무엇일까?

　"음, 신수연양?"

　"네?"

　"맹장인데… 보호자분은 지금 안 계시나?"

　매, 매… 맹장?

　그 뱃속에 돌덩어리하고 머리카락 같은 거 들어있는 거 맞지?

　아아아악!!!★★역시 어제 그 호두과자! 젠장~.

　재빨리 핸드폰으로 집에 전화를 했다.

　이씨! 엄마 두--겄어!!!

　=여보세요~. 〈-참으로 곱디고운 목소리.

　-딸!

　=너! 뭐하니라 안 들어와! 〈-본모습.

　-어, 엄마. 나….

　=잔소리말고 퍼뜩 들어와! 엄마 심심하단 말야!

　-엄마. 나 여기 병원이야.

　=병원? 너, 혹시?

　-응. 엄마! 나 아….

　=이 가시나가 너 또 사고 쳤지? 이건 어떻게 허구한날 사고만
쳐!

　아~ 이럴 땐 우리 엄마지만 정말 얄밉다. 딸은 아파 죽겠다는

데 의심이나 하고. 으옹옹!

-우이씨! 무슨 사고야. 아파서 왔는데!

=네가? 헛소리 그만하고 들어와.

-병원이라니까! 나 맹장이래. 아파, 아파!

=뭐? 맹장?

-웅! 맹장!

=어디 병원이야?

-강X병원. 엄마 나 아파! 엉엉-0-

뚝!!☆★

뚜…뚜…뚜…

그리고 잠시 후 이상한 월남치마를 두르고 달려 들어오시는 엄마!!

"우에엥! 엄마~ 나 아파! 엉엉!"

엄마를 보자마자 조금 오버를 플러스해가며 우는 척을 했다. 이렇게 하면 오늘하루는 잘해주겠지 하는 마음에서였다.

하지만! 나의 이런 순수한 동기마저 용납이 안됐는지.

퍼버벅!!! 퍼버벅!!!★★★

이 무식한 아줌마. 주먹으로 내 머리를 사정없이 강타했다.

으아-악! 별 보인다.

"너. 또. 어디서 이상한 거 주워먹었어!"

"이씨! 뭘 주워먹어. 분명 어제 그 호두과자 때문이야."

"그게 말이나 된다고 생각하니? 딸?"

"몰라. 난 그거 먹고 아픈거야. 분명해!"

"어떻게 맹장 같은 걸 걸리기나 하고… 으휴~ 이 애물단지야!"

"엄마! 나 진짜 아파."

"무식하면 건강하기라도 하던가! 너 이거 얼마나 들어가는 줄 알아?

"몰라, 몰라! 아파, 아파!"

나쁜 엄마! 돈 때문에 딸에게 이렇게까지 하다니!

그렇게 몇 분간 언마와 니는 서로 째려보며 너 죽네 나사네 열심히 실랑이를 하고있었다.

정신을 차린 후엔 기생 친구들은 어느새 사라지고 없었다.

123

병실침대에 누워 천장만 바라보고 있었고, 울 엄마는 여전히 내 머리를 쥐어박고 계신다. 그리고 떨떠름한 표정으로 간호사 언니가 다가왔다.

"링겔 맞고 여덟 시쯤 수술 들어갈 거예요."

"링… 겔이요?"

"네."

아악! 우리아빠 이거 때문에 다시는 입원 안 한다고 했었는데 진짜- 아프다고 했는데…. 으응응!

난 엄마에게 최대한 불쌍한 표정을 지어가며 안 된다고 애원했지만 내 시선을 싸-악 무시하는 엄마.

제길쓴. -_-+

그러면서 엄마는 간호사언니를 바라보며 씨--익 웃었다.

바트, 그러나!!간호사언니도 울 엄마의 표정이 오싹했는지 애써 무시하며 내 손등만 바라보며 혈관을 찾고 있었다. 푸히히-

기쁨도 잠시!!

날카로운 바늘이 내 손등으로 꾸------욱 들어갔다!!

오옷!

"으아악!! 아파, 아파~ 수연이 죽네! 나 죽어요!!"

병실이 떠나가라 크게 소릴 질렀다. 울 엄마 민망하게 더욱더 크-게 질렀지만 엄마는 재빠르게 어디론가 사라져버렸다. 그리고 간호사언니는 무덤덤.

어느새 등장하신 의사선생님은 쨰릿빔을 한껏 보내오고 있었다.

흑! 이러다 내 배 갈라놓고 안 닫아 놓으면 어떡하지? 별 잡생각에 빠져 허우적대며 휑--한 천장만 바라보고 있을 때,

"아하하! 무슨 돼지 멱따는 소리인 줄 알았다!"

참으로 싹 바가지 소리가 내 신경을 거슬리게 했다.

텐. 리. 놈!

지 턱은 신경도 안 쓴 채! 오버해서 웃고있다.

"뭐여! 내 목소리 신경 끄시고, 네 대갈빡이나 신경쓰셔!"

자, 잠깐! 근데 저 놈 어떻게 말하는 거지?

"기생! 너 턱 꼬농되서 말 못하는 거 아니었냐?"

"말하잖아."

"뭐야! 아까 말못했잖아!"

"황당하네."

뭐야 이게.

"푸-하하하! 아-하하하! 훌쩍, 푸-하하하!"

언제 등장한 건지, 기생 놈 옆에 있는 친구 님들은 꽤 심한 오버를 첨가해가며 울면서 웃었다.

저 씹새들! 분명 똥구멍에 털 날거다!

"붕아! 장난이었지!!"

자, 잔냐?

"너 순진한 거냐, 진짜 바보냐?"

"순진한 거지."

"다시 질문한다. 순진한 거냐? 또라이냐?"

"여기서 또라이가 왜 나와!"

"왜 그렇게 민감하게 반응하시나?"

"아, 아니야!"

텐리 놈의 눈을 애써 피하며 병원침대에 누워 불빛이 참으로 아름다운 천장만 바라보며 배시시-웃고만 있었다.

가히 미친 짓이었다.

1시간 후.

잘생긴 기생친구 둘은 여자친구를 만나러 간다며 나를 떠나갔다.

정말 부러웠다. 기생친구의 여자친구들이!

그리고 남아있는 싹수가 노란 기생 놈은 종-일 지 입원실과 이쪽병실을 왔다리갔다리 거린다.

"야야! 정신 사나워! 제발 네 병실에 쳐 박혀있음 안되냐?"

"심심해."

그렇다! 저 놈은 자기 심심하다고 아파서 못 움직이는 날 붙잡고 별의별 쌩쇼를 다하고있다. 짜증나죽겠다!! 그리고 언제 나타났는지 옆에 계신 울 엄마는 남정네하나가 앞에 있으니 좋아라~ 웃고만 계신다.

입이 아~~ 주 귀에 걸렸다.

"야야. 제발 좀 가. 너 때문에 나 더 아프다. 좀 가라! 훠이훠이~."

"어머머~ 얘는 친구한테 그런 말하면 안 돼!"

"엄마는 쟤가 친구로 보여?"

"오호호~ 얼마나 착한 친구니? 너 아프다고 와서 같이 있어주고~."

"방금 못 들었어? 심심해서 와있는 거 라잖아."

"아니야. 네가 심심할까봐 그런 거야."

아무튼 내 편은 하나도 없다니까!

울 어무이는 그 놈의 상판때기를 보시며 어울리지도 않는 웃음까지 지으신다.

엄마!! 그러다 기생 도망간다. 하지만 기생 놈 내 예상을 깨고 우리엄마의 섬뜩한 미소를 겨우겨우 참아내며 쿵. 짝 맞아서 잘 들 놀고(?)있다.

그렇게 엄마는 딸은 아파 죽겠다는데 쳐다보지도 않으신다.

"엄마, 나 진짜 아파 죽겠어! 빨리 수술하면 안 돼?"

"시끄러워! 8시에 한다는 거 못 들었어!"

"왜 소린 지르고 그래."

"그냥 잠자코 네 주특기 살려서 잠이나 자!"

정말 우리엄마 맞아?

기생 놈은 옆에서 실실 쏘개고 있다. 그렇게도 좋냐?

스퐁! 나 수술하고서 두고보자고!

이렇게 저렇게 한숨도 못 잔 채 어느새 시계바늘은 8시를 향해 돌진중이다.

127

이제 수술이다. 막상 하려니 무섭고 떨린다.

아악, 정말 내 배 안 닫아놓으면 어떡하지?

+8시10.분

간호사언니가 의미심장한 미소를 한껏 지으며 나에게로 다가왔다. 드디어 난 수술실로 들어갔다.

간호사언니가 내가 누워있는 침대를 밀며(?) 수술실로 들어간다. 내 배 갈라놓을 의사가 있는 수술실로 들어간다. 기생 놈 없는 수술실로 들어간다. 점점 수술실로 가까워져갔다.

"언니, 무서워요!"

"원래 수술할 때는 다들 무서워해요."

통명스런 간호사언니.

그때! 또, 또! 머리통 뽀개진 기생 놈이 머리를 부여잡으며 내 쪽으로 다가왔다.

어째 심히 불안하다. 지금까지 저 놈이 내 쪽으로 와서 좋은 일 한번 없었는데…. 그리곤 내 옆으로 다가와, 살인미소를 한번 날려주고는 입을 내 귀로 갖다대더니 말한다.

"80%사. 망!!"

이런★☆★ 저 썩어문드러질 놈! 콰─악! 입을 봉해 버릴까보다!

ㅜㅜ 난 분명 저 놈 때문에 제명에 못 죽을 것이다.

놈을 무시하며 수술실로 들어갔다. 쿵쾅쿵쾅_ 심장이 펌프질은 해댄다.

말없이 내 옆에 가만히 서있는 간호사언니에게 떨리는 마음으로 물어봤다.

"저기요, 언니! 맹장수술 사.망.률이 어떻게 되요?"

ㅡㅡ

★20★

아무런 대답이 없는 간호사언니.

나도 아무 말 없이 천장만 바라보며 가만히 누워있었다.

사망률 80%이라는데 내가 살아남을 수 있을까?(믿고있다.) 내 옆에도 맹장수술을 했나보다.

옆에 있는 사람이 마취에서 깨어났는지 「아~아~」신음소리를 내며 꼼지락거린다.

부럽다! 저 사람은 80%를 깼구나! 너무 존경스러웠다.

20분 정도 후 다시 수술침대(?)에 누웠다. 링거 쪽으로 마취를 한다.

"자, 이제 잠이 듭니다."

의사선생님의 목소리가 들린다. 최면술 같다. 레드 썬!!!★☆

선생님!! 제가 80%를 깰 수 있을까요? 난 이대로 영원히 잠들지도 모른다.

하나.

둘.

스르르-

신수연! 마취 2초만에 잠이 들다!!

"아…수연아."

"… 연아…."

나를 부르는 소리가 들려왔다. 혹시 나 살아난 거야? 아님, 여긴 저승이요?

"딸! 좀 일어나 봐!!"

엄마의 목소리! 우와와- 난 사망80%를 깨고 깨어난 거다!(끝까지 믿고있다.)

번쩍_!!☆☆살아났다는 생각이 눈이 뜨였다. 근데 이것이 뭐더냐! 심하게 아프구나….

"아, 아아~ 아파!! 수연이 죽네! 나 죽어요!"

난 다시 소리를 질러댔다.

아악! 진짜 아파 죽겠네. 내 두꺼운 살갗을 대체 어떻게 찢은 거야!

"신수연! 엄살 좀 그만 부려! 시끄러워 죽겠네! 넌 쪽팔리지도 않니?"

눈을 부릅뜬 채로 어무이께서 날 보신다. 쫄았다. 그래도 아픈 걸 어째!

"우이씨! 엄마는 살을 찢었는데 안 아플 것 같애?"

"뭐?"

"나 진짜 아프단 말야! 내 살30cm는 찢었….."

퍽!##

말이 채 끝나기도 전에 엄마는 크디큰~ 헐크-손으로 내 머리를 사정없이 쥐어박았다.

딸 아파 죽겠다니께요! 엉엉.

"니가 아~ 주 쌩쇼를 하는구나 너 레이저 수술했다. 딸아!"

"레… 이저?"

"살 찢으면 아플까봐 수술비 두 배나 들여서 기껏 레이저까지

했건만 이게 어디서 씨도 안 먹힐 소릴 하고 있어!"

"아프단 말야!"

"아프면 돈 내놔!"

저런 말도 안 되는 소릴…! 딸에게 돈을 받으려 하다니!

"내가 돈이 어딨어!"

"내놓기 싫으면 조용히 좀 하던가!"

난 바로 알아서 샤라마우스했다.

어느새 입원실에 도착했고, 나 혼자 쓰는 방이었다. 독. 방! 레이저 수술하면 부록으로 딸려오는 거라나, 뭐라나~.

"헤헤-근데 엄마. 겉으론 그래도 사실은 내가 살아서 기쁘지?"

"잠깐! 어째 이상한 소리를 하려는 듯 하다?"

"아휴~ 엄마는! 맹. 장. 수. 술 사망률이 80%인 거 몰라? 난 그걸 짓밟고 당당히 살아 나온 딸이잖아!^-^"

"……."

"그런 딸에게 대견스럽다는 말은 못 해줄 망정… 진짜!"

"이게 미쳤나! 너 또, 그딴 헛소린 어디서들은 거야? 어휴~ 쪽팔려서 내가 원….."

"응?"

"진짜 무식한데는 약도 없는데 어쩌냐? 딸아!"

순간 병실 안의 사람들은 모두 벙찐-상태로 나를 째려 보고있었다. 왜 그러지?

"음, 맹장수술로 죽는 건 오늘 처음 들어보는 말이군요. 수연 양! 하하."

애써 웃음을 지으시며 말씀하시는 의사선생님.

그리고!

"으하하! 그걸 그대로 믿었냐!"

문 뒤에서 킥킥_거리며 웃고있는 기생 놈.

하아. 진짜 저 놈 때문에 되는 일 하나 없네! 맘 같아선 당장 날려나가 저 작은 입을 가로세로 5cm씩 찢고싶었다.

하지만 상황이 상항인지라 어쩔 수없이 씨-익 웃으며 나의 귀여운★艸★쌍 뻑큐를 날리는 걸로 만족해야했다.

"음하하! 나의 쌍 뻑큐를 받아라. 새꺄!"

133

병실 안. 사람들의 표정이 더욱 더 굳어졌다. 민망함에 그들과 저 놈의 눈치를 보다 잠이 들었다.

+다음 날.

"우우웅~ 음냐음냐."

무거운 처진 눈을 제꼈다.

"엄마! 엄마, 나 배아파. 흐엉!"

일어나자마자 엄마를 불러보았지만 또 어디를 가셨는지 보이질 않았다. 설마 아픈 딸 냅두고 놀러 가신 건 아니겠지?

배가 너무 아팠다. 배 쪽을 쳐다봤다.

허거걱!!★★ 주황색 피가 잔뜩 묻어있었다.

피 보니까 더 아파 왔다. 젠장!

엄마도 없고, 잠도 안 오고 해서 가만히 누워 멍하니 천장만 바라보고 있었다.

달-칵!## 문이 열렸다.

"엄마야?"

"아빠다!"

난 순간 짜증이 이빠이로 밀려왔다! 문을 열고 나타난 놈은 엄마도, 아빠도 아닌 기생 놈이었다.

"뭐하냐? 지금 일어났냐?"

"넌 또 왜 왔어! 나 네 머리통보면 수술한 곳 터질 것 같아."

"왜~ 80%도 짓밟고 나오신 대견한 딸인데~!"

짐승 같은 놈!

"그거 네가 나한테 거짓말한 거잖아!

"그걸 믿었냐?"

"내가 워낙 순진해서 그래."

"장난하는 거지?"

"진짜 순진해서 그래!"

"뭐?"

악악! 짜증나!! 저 놈과 나는 전생에 분명 악연이었을 거야!

"이씨! 아침부터 왜 시비야!"

"지금 환-한 대낮이다."

"낮?"

그렇다. 내 앞 벽에 딱-걸려있는 큰 원형시계는 1시를 가리키고 있었다.

"근데, 아주머니는 어디 가셨냐?"

나도 궁금하오!

"아, 맞다! 지금까지 퍼 질러 잔 것이 뭘 알겠어. 휴…."

저 잡것이! 왜 대. 낮. 부. 터 시비야!--;;

"야야!! 기생. 너 보니까 아파. 진짜 아파."

"나도 너 보면 아파."

"난 진짜 아프단 말야! 그러니까 제발 그냥 좀 나가줘라, 응?"

"안 돼! 나 너한테 볼일 있어."

"그럼 빨리 보고가! 훠이훠이-"

"조금 있다 꼬마들 온 댔거든?"

"무슨 꼬마? 너 혹시 사고 쳤냐?"

"또 헛소리한다! 우리학교 1학년 꼬마들!"

진작에 그렇게 좀 말하던가!! 잠깐, 우리학교 1학년이라면 혹시 그 텐리부대 말하는 건가?

"야야! 설마 얼마전의 그 텐리부대는 아니겠지?"

"텐리부대가 뭐냐!"

"그 애인사건! 맞지?"

"응, 그러니까 말야…."

"아아아악!!"

"뭐, 뭐 하는 거냐?"

"아아악!!! 악악악!!"

난 미치도록 소릴 질렀다. 두 손으로 귀를 막고 또라이처럼 소릴 질렀다. 하지만 이것도 얼마 가지는 못했으니.

화———————악!!

기생 놈은 내 두 손을 귀에서 가볍게 떼었다. 그리고, 내 손을 꽈-악 잡으며 말한다.

"이봐, 사람 말을 끝까지 들으셔야지?"

"안 들어도 알아! 네가 무슨 말할지! 하지만 난 절대 싫. 어!"

"그래?"

"그래! 제발 날 시험에 들게 하지 말아줘라. 진짜 싫단 말야!"

"아~ 그래? 그럼 할 수 없지 뭐."

"안 해도 되는 거야?"

"수술한 곳 한번 더 터지면 그땐 정말 사망률 80%가 되겠지?"

주먹을 꽈-악 쥐곤 내 배를 보며 웃는 기생 놈.

으아악!!!★★ 저 살인미소!!!

"너 그럼 살인범 되는 거야!"

"그래서?"

"아니…. 이번엔 또 어떻게 하면 되는 건데?"

으윽!! 정말 이런 비굴한 내가 싫다.

"큭큭! 진작에 그래 야지! 그냥 오버만 조금 넣어라."

136

"응."

"저번처럼 했다간 80%각오하고!"

나 죽을 것 같아. ㅠㅠ

"알았어! 근데 지금 내 모습은 뭐라고 설명해?"

"뭐?"

"나 바지에 주황색 피묻었어. 아파 죽겠어. 기생!"

"그건 나 칼맞을 뻔한 거 네가 대신 맞았다고 하면 돼."

제정신 맞지? 너!

★21★

그 놈의 80%협박에 난 또다시 저 놈의 여자친구의 길을 걷게 되었다.

정말 불행의 연속이다. 방금 텐리부대에게서 전화가 왔다.

기생 놈은 자기병실인 605호가 아닌 504호라고 말했다. 504호라면 지금 내가 입원해있는 병실이다.

난 대충 누워있고, 놈은 내 병간호를 하는 척했다. 근데 맹장도 병간호를 하는 건가?

조금의 시간이 흘렀다.

벌――컥!!### 문이 열리며.

"오빠~ 많이 아파요? 어떡해요!"

"오빠! 괜찮아?"

웅성웅성. 텐리부대가 등장했다. 저것들은 병원에서 징 하게도 떠들어댄다.

'이것들아! 병원에서는 엄숙&조용히 해야지!'

라고 외치고 싶었지만 저것들에게 맞을까봐 속으로만 외쳐댈 뿐이었다.

"어?"

뒤늦게 나의 존재를 인식했는지 순간 표정이 굳어지며 나를 뚫어져라--쳐다본다.

"하하! 안녕?"

휙-! 나의 인사를 무시하고 다시 기생 놈을 바라보는 텐리부대.

"어? 오빠! 머리하고 턱은 왜 그래요?"

"근데 지금 뭐하시는 거예요?"

그녀들의 눈빛이 반짝_빛이 나며 놀람의 표현의 한-껏 발산했다. 그리고 안쓰럽다는 표정과 함께 다시 한번 나를 보려본다.

"이… 거."

엥? 지금 날 의심하는 거야? 그, 그대들! 내가 이렇게 만든 거 아냐!

두렵다. 내 아픈 배를 걷어찰 것만 같다.

"조용! 병원에선 조용히 해야지!"

"… 네."

"그리고 난 지금 내 여자친구 간호해주고 있었다."

놈은 부동자세로 책 읽듯이 말했다. 그렇게 하면 티 팍팍! 난단다. 얘야!

"무슨 간호요? 저 언니도 아파요?"

싹퉁머리 없이 말을 던진놈은 내 눈에 말만이 많은 듯한 '싸가지아그'였다.

이것아! 네 눈엔 내 바지에 묻어있는 주황색 피는 안보이더냐?

내가 한마디 할 찰나, 내 귀에 자신의 입을 갖다대는 기생 놈.

"잘 말해라! 80% 꼭! 명신하고!"

"으, 응!"

80%에 부르르 떨어가며 입을 떼려는 그때!!

아아악!!★★갑자기 배에 통증이 밀려왔다.

"아-아악! 기생. 나 아파… 죽을 것 같아. 으-아악!"

"뭐? 배? 조, 조금만 참아. 수연아…."

"아파. ㅠ.ㅠ 나 진짜… 아파!!"

갑작스런 통증이었다.

"어, 언니! 괜찮은 거예요?"

"배? 왜 그런 거예요?"

나의 갑작스런 괴성-_-에 놀랬는지 눈이 커지며 하나둘씩 물어본다.

"엉! 얘들아… 나 맹…."

"나 지켜주다 칼에 맞았거든. 어제 수술 받았는데 칼 맞은 곳

이 아픈가 보다. 후….”

놈의 표정은 정말 진지했다.

이, 이봐! 나 진짜 아프단 말야! 진짜, 지인짜 아파!

“미안하지만 오늘은 이만 돌아가 줘. 난 괜찮으니까.”

“오, 오빠!”

“이제 문병 안 와도 된다.”

“……”

“여기까지 이렇게 와준 것만으로도 너무 고맙다.”

끝까지 진지했다. 저게 미쳤나?

“네, 죄송해요. 오빠… 그럼 저희들은 이만 갈게요.”

이것들 또한 텐리 놈의 말을 곧이곧대로 믿었는지 조금의 의심도 없이 나가버렸다. 그리고 아이들이 나가자마자 씨-익 웃는 놈.

“야~ 너! 진짜 연기 짱인데? 처음으로 네가 마음에 드는 순간이다.”

저럴 줄 알았다.

“연기 아니야! 나 진짜 아파! 정말이야. 아파서 죽을 것 같단 말야!”

“애들 나갔어. 우리밖에 없는데 또 무슨 연기야~.”

달칵!

갑자기 문이 다시 열렸다. 그리고 얼굴을 빼--꼼히 내미는 아이.

"죄, 죄송해요. 모르고 핸드폰을 두고 가서…. 헤헤-그럼 언니, 오빠 몸조리 잘하세요!"

다시 문이 닫히고, 기생 놈이 바짝- 다가와 말을 한다.

"오~ 신수연! 너, 쟤가 다시 올 것까지 예상했던 거냐?"

"……."

"아하하! 근데 너 너무 튼튼한 거 아냐? 내 친구는 맹장 때문에 꽤나 고생했다고 하던데."

이, 이봐!!

"아니, 나 진짜 아픈 거라니…."

"그럼 난 이만 간다. 넌 부족한잠이나 마저 자고~ 좀 있다 다시 올게."

"야! 그, 그게…."

"아! 너, 생리현상 일어날 때까지 아무것도 못 먹는 거 알지? 그럼 간다."

저건 또 뭔 소리여?

아무튼! 기생 놈 잡아야 되는데….

"야, 야!! 그게 잠깐 STOP!!"

쾅_!!##

기생은 나가버렸다. 아-주 순식간에 나가버렸다.

내 말은 하나 믿지도 않은 채 나가버렸다. 그리고, 오늘 난 저 인간의 머리에 이렇게 박혀버렸다.

+매. 우. 건. 강. 한. 년+

★22★

그 놈이 나가고 난 다시 천장만 멀뚱멀뚱_바라봤다.

이, 이래봐도 나 조금은 약한 면도 있는데 말야~. 하하!

근데, 울 엄마는 대체 언제 오시는 걸까? 심심해 죽겠네. 진짜!

참고로 후에 천장만 멀뚱멀뚱_ 바라보는 건 병원에서의 내 취미생활이 되었다.

약간의 시간이 흐른 뒤 엄마가 등장했다. 뽀샤시-해진 얼굴로 ~★ 사이즈 딱! 나오는구먼!

"어머~ 딸! 일어났어?"

"음~ 딸 버리고 사. 우. 나 갔다오니 기분은 좋아요?"

"뭐, 뭐?"

역시 맞았어!

"얘, 얘는~ 무슨 소리야. 엄마가 너 얼마나 열심히 병간호를 했는데."

"크하핫! 귀신은 속여도 난 못 속이지. 요 앞 새로 생긴 탕 갔다왔지? 탕탕탕♨♨"

"아, 아니라니까. 얘가 참~! 계속 너 간호했다니까. 오호호-우리 딸 뭐 먹고 싶어?"

"생리혔상 일어날 때까지 못 먹는답디다!"

"오호호~ 맞다, 맞다! 그랬지?"

142

저, 저! 악마 같은 아줌마. 대체 아빠는 저 아줌마 뭐가 좋다고 결혼한 거야!

불쌍한 우리 아빠. 그러고 보니 아빠는 뭐하시느라 코빼기도 안 보이시는겨~.

"엄마! 아빠는 왜 안 오신다요?"

"니 아부지?"

"응."

"그 말할 놈의 인간! 어제저녁에 술 쳐 마시고 들어와서 지금까지 자고 계신다!"

에고~ 며칠간 아빠 보는 건 글렀구나.

"근데, 딸! 어제 그 멋있는 학생은 왜 안 온대?"

텐리 놈이군.

"멋지긴 뭐가 멋져! 걔 방금 전까지 나 괴롭히다가 지 병실로 갔어. 흐엉~ 엄마가 혼내 줘!"

"또 안 온대?"

"몰라. 아까 엄마 찾았었는데…."

내 말이 채 끝나기도 전에.

"605호!!!"

라는 말을 외치더니 밖으로 파다닷- 나가셨다. 만약, '총알탄 여편네.' 라는 영화가 나온다면 전국관객 4,000만 명 대박 일거다. 내 장담한다.

이다지도 희귀한 주인공 웬만해선 찾을 수 없다.

143

근데 저 아줌마 텐리 놈이 605호에 있는 건 또 어떻게 알았을까? 전직 (스)토커 생활이 여기서 다시 한번 빛을 발휘하는구나~.

암튼 그렇게 치맛바람 일으키며 뛰어간 이 황폐해진 공간에서 난 또다시 천장만 멀뚱멀뚱_바라보고 있었다.

잠시 후 삐빅!!★☆ 문자가 도착했다.

=+푸하! 너희 어머니 정말 최고다.

텐리 놈의 문자였다. 가긴 갔구먼! 그리고 문자는 계속 터졌다.

=+야!! 너 진짜 부럽다.

=+진짜 이런 분도 있구나 하는 생각이 드는 순간이다.

썩을 놈! 드럽게도 많이 보내네!

-+야, 나 잠 좀 자게 그만 좀 보내. 엄마하고 계속 놀아~.

1분이 지났을까? 전화가 왔다.

-왜?

=지금 이쪽으로 와라.

-싫어, 내가 왜! 나 잘 거라니까!

=백까지 센다.

뚜…뚜뚜…뚜…

씨바! 저노무 싸가지는 대체 어떻게 고쳐야 되는 거냐!

20초 동안 가만히 앉아있다, 벌-떡 일어나 링거와 함께 605호로 향했다. 자꾸 사망 80%가 귓전에서 맴도는 이유가 뭘까?

열심히 걸어와 605호 문 앞에서 들어가려 할 찰나 내 눈에 들어오는 뭔가가 있었다.

병실을 함께 쓰는 4人의 이름이었다.

+김봉남, 표상좌, 이시우.

이… 시우?

그리고 〈하스미야 텐리〉 - 하스미야. 이건 일본 성(姓)아니야?

뭐야, 이 녀석 한국인 아니었어? 문을 열고 들어갔다.

"환영합니다. 신수연양! 정확히 402초 걸리셨습니다. 살짝 몇 대만 맞으시지요!"

참으로 반갑게 맞이해 주는 기생.

"시끄러! 오는데 힘들었단 말야! 근데 우리엄만?"

"205초 때 집에서 온 전화 받으시고 나가셨다."

집 전화라~ 100% 아빠겠군. 분명! '여보, 나 죽어! 배, 배가…' 하며 전화를 하셨을 거다.

그노무 징--한 밥 타령!!

수연이네 집에는 돼지가 두 마리 산답니다 ♬

멋진 아빠 돼지♪ 예쁜 딸 돼지♪

"근데, 나 왜 부른거야?"

"야! 맹장은 수술하고 자주 움직여줘야 된대."

"그래서?"

"나하고 쌈박하게 요 앞까지 걷자."

"싫어! 나 아파!"

"틈 만 나면 아프대!"

"넌 내 아픔을 몰라. 그리고 나 졸려. 그냥 병실로 갈래~. 나중에 봐."

빙글_돌아서 밖으로 나가려는 그때 기생 놈의 앙칼진 목소리가 들려왔다.

"사. 망100!"

아아악!!★★ 귀신은 뭐 한 대냐! 저 놈 안 잡아가고!

"야, 야. 뭐야! 이런 게 어디있어!"

"뭐가?"

"내가 운동하던 말던 네가 뭔 상관이야!"

"링거 뺄까?"

"뭐야!"

"아님, 엎어지면 바닥에 배가 먼저 닿으려나?"

"이씨! 아무튼 싫어. 나 배아프고 졸려."

나름대로 애원하는 듯이 말했다.

"좋아!"

"진짜, 진짜? 그럼 나간다!"

"잠깐! 내가 내는 문제 맞춘다면 다신 안 괴롭힌다. 대신 못맞추면 나하고 걷자. 어때?"

오-오옷! 다신 안 괴롭힌다고? 난 당연히 OK지!!

"죠아쓰! 내봐, 내봐!"

"절대 토달지 마라."

어째 좀 불안하다.

"알았어, 몰랐어?"

"알았어."

씨--익 웃는 그 놈.

불안해. 불안해. 불안해. 불안해.

"닭이 먼저냐, 알이 먼저냐?"

에? 이건 또 뭔 잡소리래요?

"뭐야! 당연히 알이 먼저지."

"그래?"

"당연한 거 아냐? 알이 먼저…가 아니구나. 닭이 먼저…가 아니라. 뭐야! 이런 문제가 어딨어!"

"토달지 말라고 했다."

"그래도!"

"자! 그럼~ 나가자. 열심히 한번 걸어보자고!"

그 놈은 내 팔목을 잡고, 난 링켈을 잡으며 밖으로 나갔다. 어째 불안하다 싶었지만 이렇게 될 줄이야.

근데, 닭이 먼저냐, 알이 먼저냐?

누구 아는 분 답변해 주오~.

★23★

난 지금 기생 놈과 함께 병원 복도를 걷고있다.

1층으로 내려가 사람들과 어울려 TV도 같이 보기도 하고 간호사 언니들의 눈빛을 한 몸에 받기도 했다. 그리고, 맹장수술 해주신 의사선생님도 만났다.

의미심장한 웃음을 지으시며 슬그머니 나를 피하신다. 으흐흐—

슬슬 배가 땡기면서 다리도 아프다. 20분 째 밖에서 이러고 있다.

148

"야! 언제까지 이렇게 돌아다닐 거야!"

"조금만 더."

카오웃!! 정말 돌겠다!!

이 질문 정확히 32번했다. 그리고 저 놈의 대답은 한결같이 "조금만 더"였다.

배아파 죽을 것 같다. 아픈 배를 부여잡고 꾹꾹—참고있다.

저, 믹서기에 갈아먹을 놈!

"왜? 배아프나?"

"엉. 아파 죽을 것 같아. 제발 좀 가자. 응?"

"조금만 더."

33번째.

아—아악!!★ 이젠 정말 못 참겠다!

"좀 가자고!"

"왜? 배 아파?"

"그래, 아파! 아까부터 아프다고 했잖아!"

으윽! 배가 심하게 땡긴다. 절대 안정이 필요한 내가!! 저 놈 때문에 지금 뭘 하고 있는 건지….

"그래? 그럼 내가 업어줄까?"

"뭘 업어!! 배. 가. 아. 픈. 데!"

"싫음 말고."

미안하지만 한번만 더 소리지르겠다.

아아아악!! 난 정말 저 놈이 싫다. 진짜다. 정말 싫다.

따르릉 +☆ 전화가 왔다.

-여보세요~.

=수연아~ 많이 아파?

이건 또 웬 뜬금없는 소리냐!

-누구야!

=엉엉-0-정말 많이 아픈 거야?

-정말 아파!!그러니까 누구야! 정체를 밝혀랏!

=나야!! 풍운이~.♡♡"

이 자식!! 진작에 하트 좀 붙이던가 헷갈리잖아!!

-어~ 웬일이야?

=너 아프다고 해서 많이 아픈 거야?

천곱슬의 목소리는 차분히 가라앉아 있었다. 내가 알아채지

못한 것도 당연한 거였다. 정말 적응 안 되는구나.

=응? 많이 아파? 수연아!

-아니. 별로 안 아파. 괜찮아.

=강X병원 504호 맞지?

-어?

=나 지금 갈 테니까 기다려~.♥♡

아, 안 돼!!!

=아! 뭐 먹고 싶은 건 없어?

-응. 나 아직 먹으면 안 돼. 근데 말야 안 와도….

=기다려~. 빨리 갈게.♡

-어? 이, 이봐!!! 이보게, 곱슬이!!!"

뚝☆!! 뚜…… 뚜뚜……

뒷말을 잇기도 전에 끊어버렸다!! 흐-억!! 천곱슬이 온댄다.

나 지금 상황에서 천곱슬까지 보면 내 배 반으로 갈라질지도 모른다.

"신… 수연. 혹시 방금 그 전화."

"장풍운이 온다고 하네?"

"아차! 나 방금 생각났는데 가볼 곳이 있거든? 나중에 보자!"

사사삭_☆

그 놈은 사라졌다.

정말 쏜살같이 사라졌다. 아무런 흔적하나 남김없이 사라졌다.

앗싸!! 드디어!!! 기생 놈의 마수에서 벗어났다.

하지만 또 다른 놈이 남아있으니!! 천곱슬!!

아-아악!! 짜증난다!(오늘따라 짜증을 많이 내고있다.)

죽어도 가고싶지 않은 병실로 아픈 배를 부여잡고 가고있었다.

따르릉 +☆ 또 전화벨이 울렸다!! 아~ 주!! 오늘~ 인기 폭발이다.(전화 2번 왔다.)

-여보쇼!!

=…….

-여보쇼!! 누구요~!!

=…….

요즘 따라 왜 이렇게 장난전화가 많이 오는 거야.

-야!! 전화를 걸었으면 말을 해야할 거 아냐!!!

=…….

-아~ 쉬파! 나 끊는다!

=이제 만나자….

뚜… 뚜뚜……

내가 먼저 전화를 끊기도 전에 전화를 끊어버렸다.

아이쌍!!! 누구야. 대체 언놈이 장난전화 짓거릴 하는 거야.

근데 많이 들어본 목소리였다. 하지만 바로 신경 끄고 다시 열심히 병실까지 걸어갔다. 배 땡긴다.

"수연아♡ 괜찮아?"

여전히 하트를 달고 도착했다.

"응. 괜찮아."

"다행이다~.♡ 어? 근데 바지에 묻은 건 피야?"

"아~ 이거 칼 맞아 주… 헙!!"

"응?"

젠장!! 기생 놈 때문에 말이 헛- 나올 뻔했다.

"하하! 맹장수술하면 원래 피묻어~."

"그래? 아프겠다!"

"응, 아파 죽겠어! 아파. 아파. 아파. >0<"

천곱슬 앞에서 쌩쇼를 했다.

기생 놈은 내 말을 눈곱만큼도 믿지 않았는데 천곱슬은 안쓰럽다는 표정과 함께 고개를 끄덕이며 내 말을 믿는 듯했다. 그렇게 곱슬과 얘기를 하면서 오늘하루 지루하지 않게 보낼 수 있었다.

약간 느끼하긴 했지만. 근데 기생 놈은 대체 어디로 사라진 걸까? 코빼기도 안 보인다. 징한 놈!

그리고 밤엔 울 어무이가 내 잠 깨우고 도망쳤다.

아~ 엄마마저… 정말! 내 주위 사람들은 다 왜 이러는 거야!

+다음 날이 밝았다.

쿵쿵쿵쿵!!!★★★

"야, 문 안 열어!!!"

"딴 데 좀 가!"

"여기 내 병실이잖아! 네 병실 가!!"

"거기서는 제대로 잠 못 자."

"그게 나하고 무슨 상관이야!! 빨랑 문열어!"

지금 난 아침부터 병실 밖에서 한없이 문을 두드리고있다. 그
것도 내 병실 문을 말이다.

혹시라도 왜 그런지 궁금한 사람들을 위해 10분전으로 잠시
가보도록 하자.

아침 10시 반.

기생 놈이 내 병실로 찾아왔다.

"일어났냐?"

"당연한 거 아냐? 근데 왜 또 왔어!!"

"배고파서… 밥 좀 먹자."

"병원 밥 먹어!"

"내가 염소냐! 풀만 뜯고 살게."

"나도 없어! 나 아직 생리현상 안 일어났거든."

"그래? 그럼 너 잠깐 좀 일어나 봐라."

"왜!"

"일어나 봐!"

그 놈은 강제적으로 날 일으켜 세웠다. 그리곤 내 손목을 잡아

끌고 병실복도로 나가더니 나를 내팽개치곤 문을 확-닫아버렸
다.-_-

　"미안하다. 나 잠 좀 잘게."

　"야! 뭐야, 뭐야!"

여기까지다. 참 어이없지 않은가!!

내 병실에서 쫓겨나 밖에서 문이나 두드려야하다니!!

쿵쿵쿵쿵!!★★★

　"야, 문 열어!"

　"나 잔다."

　"야아-아아! 난 어디 가냐고!"

　"내 병실로가."

　"나 잔다"

쿵쿵쿵!!★★★

　"문열어!! 문열라고!!"

　"시끄러워!"

　"시끄러우면 나와! 남의 병실에 들어가서 뭐 하는 거야!"

　"너도 내 병실 가라."

　"내가 네 병실을 왜가냐고!"

　"너도 가기 싫지? 그럼 내 마음 이해하겠네."

　저! 말이 안 통하는 인간! 내가 왜 여기에 입원했을까? 좀 멀
어도 딴 병원 갈걸.

으윽!!☆저 놈 때문에 내 배 반으로 갈라질 것 같다. 하지만 난 무조건 안으로 들어가야 한단 말이다.

이런 말도 있지 않은가! '두드려라! 그러면 열릴 것이다.' 난 사정없이 두드릴 거다!

쿵쿵!!★★

"야야! 문만 좀 열어봐. 얘기 좀 하자!"

"싫어."

"야아아악!"

"쿨쿨쿨. 텐리 잔다."

'두드려라! 그러면 열릴 것이다.'

쿵쿵쿵!!★★★

"야, 야!!! 기생!! 아–아악! 열어– 열어!! >0<"

★24★

쿵쿵쿵!!!★★★

"야, 기생!!"

"……."

"너 자는 거니?"

"……."

"자는 거야?ㅠoㅠ"

"……."

155

쿵쿵★★

"안 돼!! 아-아악! 안 돼, 안 돼!!"

머리를 쥐 뜯어가며 절규했다.-_-하지만 문 너머로 기생의 숨소리조차 들리지 않는다.

그렇게 10분을 더 두드리다가 난 결국 기생 놈의 병실로 갔다.

"어머! 저 아가씨 지금 뭐 하는 거야?"

"저기 텐리학생 자리 아냐?"

"둘이 무슨 사이래? 자주 놀러 오더만~."

이번에도 사람들의 눈치를 한껏 받으며 누웠다. 의심 많은 저 목소리!! 잠자긴 글렀다.

"으악!!" <-소리 없는 절규.

어느덧 입원한지 6일이 지났다. 이제 밥도 먹기 시작했다.

생리현상이 일어난 후(부끄럽군.)처음 먹은 '미음(米飮)'은 맛없어 죽는 줄 알았다.

기생 놈은 오늘오후에 퇴원을 한단다. 재수 없는 일이지만 병원에 같이 있은 후 그 놈과 정말 친분이 두터워졌다.

참으로 짜증나는 일이지만 어쩌겠어. 난 심심했는걸!!

그리고. 또 하나, 울 엄마! 5일전 얼굴한번 보여주시고 제주도로 울 아빠와 여행 가셨다. 한마디로 날 버렸다.

이것도 제주도에 도착하고 나서 전화로 듣게된 소식이었다.

그럼 다시 기생 놈의 얘기로 넘어가자!!

"어이~ 오늘도 혼자냐?"
"또 잤냐? 야, 오늘도 걸어야지−"
"배고파 죽겠다. 네 밥 좀 줘라."
"왜 오긴~ 우리병실 4명이 쓰는 거 알잖아. 아줌마, 아저씨밖
에 없단 말야. 7번 돌려봐! 영화 한다!"
"또 잤냐? 야!! 오늘도 걸어야지~."

쓸데없이 많이도 내 병실에 찾아왔다.
난 그런 놈에게 언제나 '자기 왔어.♡' 하트를 날려가며 이 지
랄을 떨었다.

내가 말하지 않았나! 우리는 필요이상으로 친분이 두터워졌다
고.
그리고 방금 전.
"나 내일 퇴원한대. 졸라 짜증나!"
라는 말과 함께!
또! 내 침대를 누워 영화프로를 봤다. 이젠 그러려니 한다.
'자기'라는 말도 안 나온다.

+PM9:20

벌컥~!!★

문이 열렸다. 늘 9시가 약간 넘은 이 시간이면 등장하는 간호사언니.

오늘도 엉덩이에 매우-아픈 주사를 놓으러 오셨다. 알아서 엉덩이를 내놓았다. 나의 만질-하고 탐스러운 엉덩이를 보자 심하게 표정이 구려지는 언니.

씨파-! 콱! 방귀나 한방 쏴버려!

엉덩이를 알코올 솜으로 한번 쓰-윽 문지르고 나서는 주사바늘을 엉덩이에 꽂았다.

"아악!!!"

"휴~ 이제 소리 좀 그만 질러! 응? 너 때문에 나 귀 막힐 것 같아."

"흐엉-0-진짜 아프단 말예요."

"이게 뭐가 아파!"

"못 믿겠으면 언니가 한 대 맞아보던가요! 자, 여기 누워봐요!"

"……."

한번 흘겨보고는 밖으로 나가는 간호사 언니. 언니가 나간 문을 바라보며 아픈 엉덩이를 문질렀다.

+입원 일주일째.

"야, 일어나!!!"

"으음~ 누, 누구야?"

한쪽 눈을 겨우 뜨고 바라봤다.

번뜩!

뭐야, 이게! 내가 잘못 보고있는 거 아니지?

지금 내 눈앞에는 말끔한 정장을 입고, 붕대를 풀어 깔끔하게 머리를 쓸어 넘기고, 턱에 있던 반창고를 띄어낸 기생오라비 같은 놈이 있었다.(결국, 기생이다.-_-)

"선이라도 보러가냐?"

퍽!!★☆

내 머리에 주먹을 내리꽂는 기생. 오랜만에 제대로 된 한방을 맞아보는구나!

"나 오늘 퇴원한다고 말했지!"

"아~ 맞다. 그럼 그냥 좋게 가지 또 왜 때려!"

"네가 맞을 짓을 했잖아."

"내가 언제!!"

"어쭈~ 아-주 간댕이가 배 밖으로 나왔구나!"

"이씨! 뭐가, 뭐가!"

"됐다. 아! 너 내일 퇴원이더라."

"벌써?"

아악!!★ 왜 이렇게 시간이 빨리 간 거지? 더 있고 싶은데! 푹-쉬고 싶은데!!

"퇴원하려니까 아깝지 않냐? 푹–잘 수 있는데…."

"응! 아까워죽겠어."

"역시 처진 눈! 아무튼 난 간다."

"어, 잘 가. 자기~♡보고 싶을 거야. 으응웅!"

"됐고! 하루 남았으니까 제발 사고 치지 말고 무사히 학교로 와라."

"엉! 잘 가~."

그 놈은 갔다. 시도 때도 없이 내 병실에 들이닥쳤던 기생은 갔다. 병원에서 가끔씩 자기♡라고 부르면서 놀려줬던 기생은 갔다. 나하고 유일하게 놀아주던 기생은 갔다!!

갑자기 엄마, 아빠가 보고싶어졌다.

바트! 그러나!!

예의 상 이렇게 생각한 것도 잠시!

일주일동안 코빼기도 안보였던 우리 어머니께서 한쪽엔 아빠를 끼고 히쭈구리–한 옷을 입고 등장하셨다.

"내 딸~♡엄마 없이 그동안 많이 외로웠지?"

"딸! 아빠도 왔다. 우리 딸 그동안 아빠 많이 보고싶었지?"

"안보고 싶었어."

"에이~ 보고 싶었으면서! 아빠 사진 보며 밤마다 운 거 아빠는 다 알아요!!"

"그거 웃으라고 하시는 얘기죠."

"아하하– 진심으로 하는 얘긴데?"

우리 부모님이지만 정말 사이즈 안나왔다. 아무리 예의 상이었지만 내가 왜! 이 사람들을 보고싶다고 생각한 걸까?

갑자기 떠나간 기생 놈이 보고싶구나. COME BACK! 기생, 기생!!!

★25★

"노년엔 제주도에 가서 살까?"

"오호호! 정말?"

지금 밤 8시다. 우리부모님은 몇 시간째 아픈 나를 붙잡고 자기네들 여행얘기를 하신다.

"나 빼놓고?"

"왜? 너도 같이 살려고!"

"나… 제주도 아직 한번도 안 가봤는데."

"넌 나중에 혼자 살고!"

"제주도 한번도 안 가봤는데…."

떨떠름한 표정으로 바라보는 엄마. 하지만 나도 제주도 가보고 싶단 말이다.

어렸을 때 내 꿈이었던 '돌하루방하고 사진 찍기'(소박하다.)꼭 하고싶었는데 내가 아픈걸 이용해 두 분만 갔다오다니! 엉엉! 그리고 다시 여행얘기로 빠지시는 두 분.

"호호! 거기서 엄마의 예전 애인을 본 거 있지~."

예전 애인이라….

그 남자도 참 불쌍한 사람이군.

"그래서 아빠가 삐진 거야!"

"내가 언제 삐졌다고 그래!"

"삐졌잖아~ 수연아. 맞지, 맞지?"

안 맞아. 이씨! 나 아파 죽겠다니까!

두 분 이서만 제주도 다녀온 것도 배 아파 죽겠는데. 왜 여행 후기까지 듣고 있어야 되냐고요!

"아~ 주 기분이 붕-뜨셨네!"

"뭐가 붕-떴다고 그래!!"

"그렇게 그 자식이 좋으면 다시 그 자식하고 살던가."

"내가 언제 좋대? 왜 갑자기 그런 얘기로 빠져!"

"됐어!"

점점 언성이 높아진다.

"친구? 친구 좋아하시네~! 그때 표정은 그게 아니었던데~."

"또 무슨 표정?"

"됐다니까!"

"뭐가 됐어!"

어쩌다 이렇게까지 되었을까? 엄마아빠!! 들어오실 때까지 만 해도 안 그랬잖아요.

"흐흑, 아니라고 했잖아! 이젠 자기 마누라도 못 믿겠다는 거 야?"

이젠 눈물까지 보이시는 엄마. 하지만 저건 다 가식이다. 한 마디로 연기라는 거지.

울 아빠 여자의 눈물에 한없이 약하니까….

"알았어. 미안해. 내가 다 잘못했어. 됐지? 그러니까 청승맞게 울지 좀 말라고… 응?"

바로 이거다.=_=

"아악! 시끄러워! 엄마아빠. 이제 그만 가면 안 돼? 나 졸려 죽겠어!"

"뭐?"

"졸려!!"

"딸아… 다시 한번 말해보겠니?"

엄마의 표정이 변했다. 방금 전까지 순정만화에서 나올만한 그 표정은 어디로 간 것일까?

"아, 아니야. 엄마! 하하─근데 나 낼 퇴원한다네?"

"뭐? 벌써 퇴원이야?"

"응! 너무 아쉬워용!"

"일찍도 퇴원하네. 또 어디 아픈 데는 없고?"

"무슨 소리야?"

"너, 집으로 쳐 오면 또 먹어대기만 할 거 아냐! 으이구!"

우리 엄마인지 의심스러운 순간이다. 쳐 오면이 뭐야! 내 집에 내가 간다는데….

"몰라~ 잘 거야!"

"어휴~ 곰탱이 같은 년! 분명 나 없을 때도 지독하게 잠만 쳐
잤을 거야!"

뜨끔. -_-

그렇게 잠결에 들은 울 엄마의 나 씹기는 계속되었다.

쭈-------------욱!!

+다음 날.

젠장. 젠장!! 오늘은 퇴원하는 날이닷.

아침에 손등에 꽂힌 링거를 빼고, 주섬주섬_옷을 입고, 정말
무시무시하게도 맛없는 병원 밥을 먹고 밖으로 나왔다.

아~☆ 살 것 같다.

상쾌한 바람이 나의 살갗을 스치우고~ 새들은 정답게 지저귀
며 햇빛은 나를 향해 따스하게 비추는구나. -_-

삐빅★☆문자 도착.

=퇴원 축하한다.

기생 놈의 문자였다. 이 놈이 내가 지금 퇴원했는지 어떻게 안
거지?

어리둥절해하며 열심히 그 놈에게 따다닥!!☆답. 문. 자를 보
내고 있을 때.

"어이~."

어디선가 들려오는 많이 들어본 목소리!!

기생 놈의 등장이었다. 싱긋_웃으며 우리 쪽으로 다가오는 그
놈.

"안녕하세요!"

그리고, 아~ 주 뻔뻔하게 우리부모님께 넙죽 인사를 했다.

★26★

저것이 왜 저런데?

"어머~ 텐리 구나. 어제 퇴원했다고?"

뭐여~ 저 놈이 어제 퇴원한 건 또 어떻게 안 거야!

엄마! 전직 토커 생활은 이제 그만 청산 하셔야죠!

165

"네! 며칠 동안 어머님 뵈러 병실에 자주 갔었는데 안 보
이…"

"어머머~ 그래?"

"하핫! 네."

아빠!! 아빠! 엄마 기생 놈에게 작업 들어간다. 어서 말려말려.

난 아빠에게 뜨거운 눈빛을 한-껏 보냈다.

잠시 후 아빠도 나의 눈빛을 읽었는지 텐리 놈에게 다가간다.
그리고 말한다.

"호오~ 자네가 그 말로만 듣던 미. 남. 자(美. 男. 子)로군!!"

-_-그게 아니잖아요!!!

근데 미남자라~ 이건 또 어찌 해석을 해야하는 것일까? 미소

년도 아니고, 미청년도 아닌 美男子라···.

"미, 미남자요?"

"음··· 참! 남자답게 생겼군!"

여자답게 생긴 거겠지. 쟤 별명은 기생오라비라고!!!

"하하!"

"내 예전모습을 보는 듯 해. 정말 멋지군 자네!!"

저건 또 무슨 소리여!! 진짜 주책바가지 부모님이라니까! 쪽팔려~!!

어쩐지 애들이 우리 집만 오면 그 다음부터 나를 슬슬 피해 다닌 것이··· 바로 이것 때문이었군!

"하하! 아닙니다. 아버님이야말로···."

기생 놈은 어쩌다 한번 짓는 정상적인 미소를 지어보며 말했다. 살인미소가 아니라 다행이었다.

"하하하!! 텐리군 사람 볼 줄 아는구만!!"

"하하하!"

저 어설프게 웃는 두 남자의 모습. 우리아빠. 일부러 저렇게 기생 놈에게 말하신 듯하다.

"아빠! 그만 얘기하고 가요~. 나 배고파!"

"아, 그렇지. 그래! 텐리군도 같이 점심이나 하지 않겠나?"

"호호호!! 그래!! 텐리야 같이 점심이나 먹으러 가자꾸나~."

않겠나와 가자꾸나.

내가 18년을 살면서 한번도 들어보지 못했던 말들.

"아, 감사합니다. 근데 제가 가도 괜찮을지….”

"괜찮아.”

"수연이 표정이 심상치 않아서요.”

"어?"

"괜히 따라 갔다가 한 대 맞을 것 같은데요? 하하!"

나를 한번 쓰윽_보며 웃는 그 놈!!

아악!!★★ 왜 이러는 거야! 우리 병원에서는 사이좋았잖아!

"신. 수. 연!"

내 이름 석자를 천천히 부르는 우리엄마. 뜨겁고도 무시무시
한 눈빛을 내 면상에 꽂는다.

그 바람에 그 놈을 째려보던 나의 눈빛은 빛을 잃었다. 그리고
무시했다. 현재로선 무시만이 살길이다!

"아, 아빠! 나 칼질하고 싶은데~ 괜찮지?"

"당연하지. 우리 딸이 그러고 싶다면 당연히 그래 야지.”

"히히-역시 아빠밖에 없다니까~.”

그리고 한-창 엄마와 대화 중이던 그 놈은 내 쪽으로 시선을
꽂고, 불쾌한 표정을 짓고있었다. 젠장~.

그렇게 우리 가족과 넘(기생)은 근처 레스토랑으로 향했다.

'눈 내리는 마을'이라는 지하에 있는 레스토랑이었다. 정말
분위기는 죽이는 곳이었다. 하지만 난 지하는 질색이다. 불나면
빼도 박도 못하니까 말이다.

수프가 나오고, 음식이 나오고, 한-창 웃음꽃=_=이 피어나고

있었다.

"텐리군!"

"네!"

"우리 수연이 하고는 어떤 사이인가?"

"예?"

갑자기 이상한 질문을 하는 아빠.

"같은 반이야, 아빠!"

하지만 내 말을 무시하며 꿋꿋이 물어보는 아빠.

"우리 수연이 하고는 어떤 사이지?"

"수연이 말대로…."

"사. 귀. 는. 사. 이. 인. 가?"

컥, 커컥! 커커컥!!!★★

푸-------욱!!!☆★☆

"아아아아악!!"

아빠의 말도 안 되는 소리에 날카로운 나이프는 나의 가운데 손가락을 푸--욱 찌르고 지나갔다.

"엄마! 아파, 아파!!"

"으휴! 넌 애가 왜 이렇게 칠칠맞아

"아파!! 엉엉-0-!"

"내가 너 때문에 정말!"

엄마는 핸드백에서 반창고 하나를 꺼내 내 가운데 손가락에 붙여줬다. 하필 가운데 손가락을 다치다니. 왠지 凸가 생각난다.

"음! 저 쪽은 신경 쓰지 말고 마저 얘기를 하지!"

아, 아빠! 저 쪽 얘기라니. 딸이 누구 때문에 손가락을 다쳤는데….

"덴리군. 우리 수연이 하고는 사귀는 사이 아닌가?"

"……."

아빠! 왜 자꾸 똑같은 질문 반복 하시냐고요!! 제발 1절에서 끝냅시다. 네?

기생 역시 아빠의 말도 안 되는 질문이 계속 이어지자 참으로 고민 때리는 표정을 짓고있었다.

불쌍한 놈!

"저, 저희는 그냥 같은 반 친구입니다."

땀을 비 오듯이 흘리는 기생. 어쩌겠냐. 우리아빠 컨셉이 외집착인데….

"음, 그렇군! 난 자넬 보니 왠지 시우 녀석이 생각나서 사귀는 건가… 했지."

"……."

"딸!!"

"응?"

"역시 눈이 높아!"

"……."

장난으로 웃어넘기면 간단한데, 순간 꿀 먹은 벙어리가 되어 버렸다.

이시우… 한동안 잊고 있었다. 아니 잊으려 노력했던 그 넘.
이시우….

★27★

"정말 아쉽군. 정말 아쉬워!"
"네?"
"텐리군 같은 남자친구 있으면 딱 좋았을 텐데 말야!"
"……."
"그렇지, 딸?"
나를 보며 씨-익 웃는 아빠!! 그런 아빠를 보며 내가 할 말이
라곤.
"말도 안 되는 소리!"
이 말뿐이었다.
"딸! 아빠는 시우가 갑자기 사라져서 너무 슬퍼!"
"뭐가 슬퍼."
"밤마다 같이 작업을 해야하는 녀석이 없으니…."
"그러니까 사라진 거야."
"뭐가?"
"아빠가 매일같이 스타하자고해서 사라진 거라고!"
"그런 걸까? 엉엉."
아빠! 그런 표정 안 어울려요. 자꾸 그러시면 애들이 아빠 이

상하다고 나를 슬슬 피한다니까!

"아~ 시우 녀석 같은 텐리군이 나타나서 한시름 놨구나 생각
했는데…."

"하, 하하."

"뭐!! 남자친구가 아니라고!!!"

아빠는 자신의 얼굴을 기생 놈에게 바ー짝! 갖다대었다. 그와
동시 놈은 상체를 뒤로 젖혔다.

아마 서있었더라면 뒷걸음질 쳤을거다.

"갑자기 시우 녀석이 보고싶군."

"……."

"텐리군! 시우 녀석이 궁금하지 않은가?"

"네?"

"궁금하지!"

"아, 네…."

으아악!!★ 시우 얘기는 그만 좀 하자고요!!

"시우는 말이야. 밤마다 나와 작업을 하는 녀석이었지."

"작… 업이요?"

"아하하! 스타 말이야. 스타크레프트."

"아… 네!"

쪽팔려! 대체 그런 얘기는 왜 하는 거예요!

"그리고 예전 우리 딸 남자친구였지."

"아…."

"갑자기 헤어….“

"아악! 배불러라~. 아빠, 아빠! 우리 안 나가요?"

"응?"

"나 배아파. 집에서 쉬고싶단 말야. 그리고 텐리도 집에 가야
지~."

"아, 그렇군."

이상한 분위기로 흘러가기 전에 화제를 딴 곳으로 돌렸다.

브이-V

"그럼 전 이만 가보겠습니다. 점심 정말 맛있게 잘 먹었습니
다."

"벌써 가려고?"

"네?"

"바로 이 근처가 우리 집이야. 들려서 차라도 한잔."

무슨 차라도 한잔이야! 그건 아빠하고 동년배 분들에게나 말
씀하시라고요!

야, 야. 가가! 훠이훠이~.

"죄송합니다. 약속이 있어서…."

"음, 그래? 이거 서운해서 어쩌지?"

"다음에 한번 찾아뵙겠습니다."

뭘 찾아봬!

"하하! 그러게. 다음에 만나며 스타 한번 어떤가?"

"아, 네! 그럼 안녕히 계세요."

"하하!! 그러게!! 다음에 만나면 스타 한판 어떤가?"

"아, 네! 그럼 안녕히 가세요."

"잘가~ 기생!"

기생 놈을 헤어지고 집으로 가는 길.

삐빅!!★☆

=+신수연양! 이시우는 누구 신가?

『011-9111-XXXX』-기생텐리.

난 재빨리 놈에게 답 문자를 보내줬다.

-왜? 나 바람 필까바 불안해? 히히-그래노 난 자기밖에 없는 걸~.♡

설명을 미처 다 하지 못했지만 우리는 입원해 있는 동안 이러  고 놀았다.

씨잘때기 없는 소리를 지껄이다가 어느새 친분이 두터워진 것 이다.

간단하게 말해 이 놀이는 장풍운 놀이였다.

=+그래. 근데 좀 미덥지 못하다?

미덥지 못하다니! 이 자식이 진짜!

-+뭐여, 믿어. 나를 한번 믿어봐! BABY!!

=+치우고. 바람 피다 걸리면 바로 이혼인줄 알아라.

매우 역겹고 유치찬란하지만 적극 추천하겠다.

특히! 눈앞에서 얘기하는 것 보다 문자를 주고받으면서 하는 것이 제대로 된 효과를 볼 수 있다.

가장 중요한 키 포인트 (key point~★)

둘의 사이는 원수지간이어야 그 재미가 휠~ 배다. 난 그렇게 집에 가는 길 내내 장풍운 놀이를 했다—.,—

★28★

따르릉 +☆ 따르르릉 +☆

일요일 새벽!(인 듯하다.) 필요이상으로 시끄럽게 울어대는 전화벨 소리에 깨어났다.

-으음~ 여보세요.

=나.

-나가 누구여?

=나.

이런, 미친! 어느 집 똥개자식이야! 전화를 했으면 누군지 확. 실. 히 밝혀야지!

-그러니까 니가 누군데.

=한대 맞아봐야지?

-아~ 기생이구나~!!

=그래.

헉, 헉!

-아~ 함. 뭐야, 왜 새벽부터 전화여~.

=지금시각 11시.

-에? 벌써 밤이야?

=오전!

-어. 그, 그래? 하하! 벌써 11시구나~. 근데 왜?

기껏해야 새벽 6시 정도라고 생각했는데… 분명 한밤중 같은데… 벌써 11시라니. 헉!

=너, 우리은행 알지?

-응. 그 대X주유소 뒤에 있는 큰 건물 말하는 거야?

=어.

-근데 왜?

=12시까지 나와.

-에?

이것이 또 왜 이런데?

=영화 보자고. 나와!

-진짜? 공짜야?

=그래. 너….

-진짜 공짜지? 공짜 맞지? 알았어. 나 바로 간다. 끊어~.

뚝!!☆뚜… 뚜…뚜

놈이 딴말하기 전에 재빨리 끊어버렸다. 화장실로 바로 뛰어가서 오랜만에 머리 좀 감아주고, 안 하던 비누칠까지 하며 세수했다. -_-

옷도 얼마 전에 구입한 삐까뻔쩍-한 옷을 입고, 생전 처음으로 20분전에 출발했다.

이 놈이 딴말하면 안 되는데….

+우리은행 앞.

아직 15분이 남았다. 초조한 마음으로 그 놈을 기다렸다. 제발 마음이 바뀌지 않기만을….

5분 정도가 흐른 후 나의 레이더망에 저-멀리서 걸어오는 훤칠한 남정네 하나가 보였다.

확! 작업이나 들어가 봐? 물론 넘어오지 않겠지만 말이다. 그래도 어떻게 생긴 남정네인지 궁금한 마음에 조심스럽게 앞으로 다가갔다.

헉!! 헉-헉!! 이런 젠장.

점점 가까워질수록 남정네의 형제가 드러나는 것과 함께 괜히 다가갔다는 생각이 든다.

"기, 기생이다-아!!!"

"-_-…."

기생 놈. 내가 착각할 정도로 그동안의 모습과는 매우 달랐다. 잠시 살펴보도록 하자. 괄호 안은 평상시 놈의 모습이다.

옅은 갈색의 살짝 긴 머리.(수면으로 사정없이 뻗친 머리.)

뽀샤시한 하얀 얼굴.(핏기하나 없이 하얗게 뜬 얼굴.)

생기가 돌고있는 눈.(푹-꺼져있었다.)

그리고 180정도 되는 키는 더욱 빛을 발휘하며 내 쪽으로 걸어오고 있었다.

　한마디로 그 녀석과 나는 언밸런스(unbalance)했다.

　"선보러 가냐?"

　승리_♪

　"넌 장보러 가냐?"

　젠장할~.

　잠시 이 놈의 성격을 잊고 있었다. 역시! 한 마디도 지지 않는
성격!

　"뭐가 장보러 가는 거여!"

　"스타일 봐라. 딱! 시장 스타일인데."

　"이씨! 이거 얼마 전에 산 거란 말야. 새삥새삥!!"

　"그래 옷은 새삥인데 네가 그거에 못 따라가는 것 뿐이야."

　젠장. 젠장. 젠장. 젠장.

　"넌 어쩜 그렇게 정이 뚝-떨어진 말만 골라서하냐?"

　"너한테 준 정도 없었다."

　"이씨!!! 근데 영화 어디로 보러갈 거야?"

　"메가박스."

　"뭔 박스?"

　"메. 가. 박. 스!"

　"아하하!"

　"하…."

　한숨을 내쉬는 그 놈.

177

"무식한 곰 같기는! 메가박스 몰라?"

"······."

"됐다. 그냥 따라오기나 해라."

"아냐! 나 거기 알아. 코엑스 거기 아냐~. 디따시 좋은데. 하하!"

오늘도 역시 무식을 통통_튀기는 그 놈과 함께 삼성동 메가박스로 향했다. 영화 보러 멀리도가네 그려!!

+지하철 안.

뚫------어져라! ★★ 째릿째릿_

뭐지? 이 느낌은?

"야, 야! 기생. 어디선가 눈빛이 느껴지지 않니?"

"뭐가?"

"누군가 날 쳐다보고 있는 것 같아."

"자뻑 증세다. 너!"

정말이란 말이다. 누군가··· 아니, 사람들이 정말 나를 다 쳐다보고 있는 것 같단 말이다. 나의 동물적인 본능으로 봐서는 확실하다.

째릿째릿_#

다시 한번 내 몸을 뚫고 지나갈 정도의 강력한 눈빛을 받았다. 주위를 둘러보았다. 사람들! 저 놈과 내가 몹시도 안 어울렸는지 한번씩 쳐다본다.

특히! 여자들은 도끼눈으로 째린다. 엉엉.

그래도 째리는 것까지 참을 수 있었지만, 몇몇은 강도를 높여 나를 사정없이 씹어댄다.

"쟤 저런 남자는 어떻게 꼬셨대? 돈 꽤나 많나보네!"〈-옆에 서있는 노란 가방 아이.

"아~ 짜증나. 우리가 저년보다 못한 게 뭐야!"〈-폭탄소녀들 친구 같은 아이.

"푸하! 쟤 최면술법 씼나봐. 눈 봐. 졸라 처졌어"〈-빨간 머리 사이비 년.

아악!! 내가 왜 이런 말이나 듣고있어야 되냐고! 니들이 평소의 기생 놈을 봐봐! 아니, 간단하게 붕대 감고 있는 모습을 보여줬어야 되는 건데. 아악!

179

근데, 눈 처진 건 어디서나 빛을 발휘하는구나. 엉엉.

"푸-읍!"

옆의 기생 놈은 뭐가 그리 좋은지 계속 웃어댄다.

"좋냐?"

"뭐가."

"내가 욕 들어먹는 게 그렇게도 좋더냐고!"

"내가 언제 좋다고 했냐?"

"지금 네 표정만 봐도 충분히 좋아 보여. 짜샤!"

계속 실실 쪼개는 기생 놈!! 옆에 있는 여자아이들은 계속 나를 째린다.

"안되겠다. 우리 좀 떨어져 있자!"

"좋은실 대로~."

난 바로 놈의 옆에서 떨어져 나왔다. 그렇게 놈과 나는 삼성
역까지 떨어진 채로 갔다.

★29★

반경 1M의 거리를 유지한 채로 삼성 역에 도착했다. 코엑스
안의 사람은 굉장히 많았다.

저 놈과 떨어져서 걸으면 미아되기 십상이다. 어쩔 수 없이 다
시 붙었다.

"뭐냐."

"잠깐만 합쳐!"

"뭐래냐."

"나 미아 되면 어떡해! 사람들이 째리건, 욕을 하건 잠깐 합치
자고!"

놈이 매우 불쾌한 표정을 지었지만 난 그런 표정까지 다 받아
주며 찰-싹 붙었다.

역에서 메가박스 가는 것만 10여분이 소요되었다. 그 시간에
도 여기저기서 째리는 눈빛들은 피할 수 없었다.

째림을 받으면서 겨우겨우 도착해 잘생긴 우성이 형님-_-이

나오는 '똥개'를 보기로 했다.

　길-게 늘어진 줄. 예매를 하기 위해 기다리고 또 기다렸다.

　"야~ 사람 엄청 많다."

　"어. 여긴 휴일엔 많아."

　"우리 오늘 안으로 볼 수 있을까?"

　"못 보면 그냥 가지 뭐."

　저런 무책임한 놈!

　놈의 말 때문에 못 볼까봐 심히 걱정이 되었지만, 결국 영화 표를 손에 넣을 수 있었디!

　다시 10분 정도의 시간이 지났을까? 귀를 스치는 어디선가 많이 들어본 목소리가 들려왔다.

　"똥개, 똥개 이거 진짜 재밌대.♡이거 보자~."

　"재미 더럽게 없댄다. 이거!"

　"아잉~♡재밌대. 이거!"

　"재미없기만 해봐! 졸라 쳐 맞을 줄 알아!"

　"왜 그래~ 무셔잉~.♡"

　천곱슬의 목소리. 것도 곱슬머리 패거리 짱인 이옥영과 같이 있었다.

　기생 놈과 나는 그 목소리의 정체를 화인하고 고개를 푸-욱 숙이고 있었다. 그리고 시간이 되자마자 재빨리 상영관 안으로 돌진했다.

　내가 왜! 여기까지 와서 저 놈을 만나야 되냐고요!

그러게 왜 이렇게 멀리 까지 와서….

하지만 초고속으로 가는 우리를 발견한 천. 곱. 슬!

이! 사람 많은 곳에서 우리를 부른다.

"어? 자기!!♡수연아!!♡"

이렇게.=_=

젠장! 왜 하필 딱 걸려버린 걸까?

"야, 야! 장풍운. 또 뭔 헛소리야. 쪽팔리게!"

곱슬소녀는 매우 쪽팔리나보다. 하긴 사람 다 쳐다보는 곳에서 제 정신으로는 절대 할 수 없는 말을 내뱉었으니.

것도 큰. 소. 리. 로!

그리고 곱슬소녀와 원래 친분이 없었던 나도 이번만은 한편이 되어 천곱슬을 있는 힘껏 무시하고 상영관으로 뛰었다.

하. 지. 만! 이게 무슨 운명의 장난인가. 천곱슬의 자리는 바로 내 옆이었던 것이다.

기생 놈은 이런 나를 한번보고는 '쯧쯧' 혀를 차더니 내 쪽으로 시선을 돌리지 않았다.

"기, 기생!!"

"……."

"야! 기생!!"

"……."

"기생! 기생아!! 기생!! 엉엉."

"……."

그렇게 영화가 끝날 때까지 기생 놈의 앞모습은 볼 수 없었다.

눈으로 웃었는지, 귀로 웃었는지, 온몸으로 웃었는지 알 수 없었던 영화가 끝이 나고 우리는 곱.슬 2명함께 점심을 먹었다. 크흐흑!!

제발 점심에서 끝나기를 바랬지만 모─두 잘 알다시피 천곱슬은 참으로 질긴 놈이었다.

"우리~ 노래방이나 갈까? 이렇게 헤어지기엔 너무 아쉽잖아! ♡"

"안 아쉬워."

"히잉~ 난 우리자기하고 빨리 헤어지기 싫은데~.♡"

"꺼져."

"왜~ 가자가자! 응? 자기야~ 가자!!"

"야, 야! 안 꺼져?"

설마 노래방까지 가겠어? 라고 생각했지만_!! 지금 현재 난 노래방에서 악을 쓰며 노래를 부르고있다.

그리고 노래방에서 곱슬머리 짱 이옥영과 굉장히 친분이 두터워졌다.

텐리 놈과 옥영쒸는 밖에서 열심히 담배를 피우시고 있고, 천곱슬과 나는 안에서 목이 터져라 노래를 부르고 있다.

오오─! 지금 느끼는 거지만 천곱슬 옆모습 진짜 죽음이었다.

솔직히 잘생긴 얼굴이긴 하지만 거짓말 안하고! 노래도 잘 부르고~.

특히! 노래를 부르면서 중간중간 날 보고 웃었을 땐 천곱슬이
란 사실마저 잊은 채 쓰러질 뻔했다.

【늘 너의 뒤에서 늘 널 바라보는 그게 내가 가진 몫인 것만 같
아~♫】- TOY +좋은 사람+

캬아-뉘 집 자식인지는 몰라도 노래 부르는 목소리 하난 정말
끝내줬다. 일어서서 오버만 안 하면 말이다.

천곱슬의 노래가 끝나고, 나의 독무대가 한-창 펼쳐지고 있을
때 밖의 두 놈이 들어왔다.

담배냄새를 풀풀_풍기면시~.

"야, 신수연. 우리 여기서 몇 시간 있었냐?"

"어? 음…잠만! 현재 2시간 반 동안 버팅기고 있다."

"두 시간 반? 좀 나가자! 햇빛도 없이 무슨 감방 들어온 것 같
다."

"그, 그래."

한창 ★FEEL★받아서 부르던 노래를 중단하고 밖으로 나갔
다.

우리의 다음코스는 호프집.

텐리 놈의 완강한 발언에 의해 초저녁부터 술을 마시러갔다.
초저녁엔~ 백세주~♫

기생 놈 술고래라던데….

우리는 소주 8병을 시키고 각자 열심히 나발을 불고있었다.
나를 제외하고 말이다.

참고로 나는 술 못 마신다. 진-짜! 2잔만 마셔도 취한다.

아무튼 1시간 반 정도를 그렇게 마셔대고 있었다. 점점 빈 병은 쌓여만 가고 하나씩 나자빠졌다. 그리고 취했다.

"푸헤헤- 나 기분 조아조아~ 헤헤~"

헤롱헤롱한 옥영이!!

"나더져아~ ♡기분죠아죠아~. 딸-꾹!!"

그 옆에서 같이 꼴값 떠는 천. 곱. 슬!!

그. 리. 고

"시끄러워!!"

그들을 야리며 계속 알코올을 섭취하시는 기생 놈.

그럼 난? 술을 전혀 못 마시는 난 2잔 마시고 헤롱헤롱-대고 있었다.

"나더나더!! 조아조아. 오예예!! 수여니도 기분 좋답니다~."

그렇다! 같이 갖은 꼴값은 다 떨고있었다.

★30★

그리고 다시 30분 정도가 더 흘렀다. 우리들! 슬슬 말이 많아졌다.

"나 말이야~ 어제 남자친구하고 헤어졌어. 어제 헤어졌다고~. 나 차였다? 헤헤헤~."

"차였어?"

"응!"

"병신~ 바보같이 왜 차이냐? 네가 어디가 어떻다고~."

"그치? 나 하나도 이상한데 없지? 이옥영 못난데 하나 없는데
~. 헤헤~."

정신은 있었지만 말은 생각과는 다르게 꼬이면서 나왔다.

"아주! 지랄을 쌍으로 떨어요!"

못마땅한 표정으로 우리를 바라보는 기생 놈. 저, 저! 왕지랄
같은놈!!

한대 때려주고 싶었지민 난 연약한 사슴과도 같았기에 참았
다. 이런 나에게 힘이 어디 있겠어!!

그려~ 미안하다! 1절만 하겠다.

아무튼 난 단지 저 놈을 야리는 것만으로 대리만족을 해야만
했다. 그리고 쌍 무시를 하며 나도 계속 말을 이었다.

"오경아~ 나도 있었어. 나도 있었다고~ 뽀이뿌렌두☆"

"뭐? 정말? 언제? 언제?"

믿지 못하겠다는 표정으로 물어보는 옥영이.

"1학년 때. 나 전학오기 전에…."

"안 돼! 안 돼! 수연인 내꼬얌~! 수연이 안 줄 거야~.♡♡"

분명 옥영이가 말할 차례였는데 대량의 하트를 뿌려대며 또
다시 꼴값 떠는 곱슬곱슬 풍운이.

난 이 놈도 한-껏 무시하며 다시 말을 이었다.

"있었다고~나도…. 이씨! 나도 있었다고! 시우… 우리 시우!

엉엉-0-"

눈물이 흐른다. 계속 한없이 눈물이 흘렀다. 참으로 청승맞게 울었다.

내일이면 무슨 말을 한지 기억하나 없겠지만 계속 울었다!!

"왜 울어~. 수여나~ 울지마~~ 뚝!!"

"뚝! 뚝!! 흑, 우엥~~~ 엉엉!!"

옥영쉬가 달랬지만 눈물은 계속 흘렀다. 정말 내가 생각해도 정 떨어질 울음이었다. 하지만 멈추지 않는걸 어떡하라고!!!

따르릉 +☆

한-창 감정잡고 울고있을 때 내 전화가 울렸다.

-훌쩍, 여… 보세요?

=…….

-흑, 누구세요?

=… 너 우는 거야?

-그래 운다! 너 누구야!

=무슨 일 있어?

-그래! 무슨 일 있다. 너 누군데!!

=…….

-뭐야! 너 누구냐고!!

장난전화인가?

=무슨 일 때문에 그러는 건데?

-네가 뭔 상관이야!!

=······.

–너 누구야! 에씨! 짜증나. 끊어!!!

전원을 끄고 배터리를 뽑아 가방 속에 던져 넣었다. 설마 난 이때까지 그 녀석의 전화일 것이라고는 생각도 못했다.

전화를 끊고, 옆을 보니 천곱슬과 옥영씨는 벌써 나자빠져 계셨다.

정신이 멀쩡한 놈은 기생 놈뿐이었다. 뭐가 그리 서럽던지 계속 눈물이 흘렀다.

슬픈 것두, 서러운 것도 하나 없는데 난 아직 이시우를 잊지 못했나보다.

"엉엉. 시우야! 보고싶어!"

"시끄러워!"

"보고싶어. 보고싶어 죽겠어. 시우야. 흐엉!"

"애도 아니고 왜 자꾸 울고 지랄이야!!"

기생 놈은 내 앞으로 다가왔다.

성깔은 죄다 부리면서!

"흐엉! 시우야. 보고싶어. 시우야!!"

"시끄럽다니까!"

"너 지금 훌쩍… 나한테 화내는 거야? 그런 거야?"

내가 만약 기생 놈이었다면 벌써 나 갖다 버렸다. 하지만 기생 놈! 이제부터 맘을 예쁘게 쓰기로 했는지 성질 꾹꾹_참으며 좋게–좋게 말을 한다.

189

"그래. 알았다, 알았어! 미안해. 내가 다 잘못했다. 그러니까…울지 좀 마라. 왜 우냐! 애도 아니고….."

But!! 표정만은 매우 썸뜩했다. 다시 한번 털이 쭈뼛쭈뼛-선다.

"엉엉. 기생, 기생!!"

"그래그래. 알았다니까."

내 머리를 쓰윽_쓰다듬어 주는 기생 놈.

뭐… 좋게 말해 쓰윽-이지 사실은 감정석인 듯 툭툭-치며 말을 한 거였다. 그리고 난 기생 놈에게 기대어 어느새 잠이 들어버렸다.

190

★31★

몸을 뒤척이며 일어나 보니 난 테이블에 디비져 있었다. 그리고 어떤 옷 하나가 내 몸을 덮어주고 있었고, 그 옷은 기생 놈의 검은색 웃옷이었다.

흐어엉! 나, 감동 받았다!!

이 놈이 간만에 맘에 드는 짓을 하는구나.

가만가만! 근데 기생 놈은 어디로 간겨? 내가 감동 받았다는 얘기를 해주어야 되는데….

몸을 일으켜 기생 놈을 찾아봤다.

+10분 후.

이곳저곳, 구석구석 찾아봐도 그 놈의 머리카락 하나 보이지 않는다. 이 자식이 지금 숨바꼭질하자는 건가?

"대체 이 놈은 어디로 사라진 거여!!"

그렇게 몇 분 동안 기생 놈을 찾다가…지금에서야 눈에 뜨이는 두 놈이 보였다.

세상 편하게 주무시는 천곱슬과 이옥영양!! 저 둘 저러다가 조만간 커플발표 _-힐 것 같다.

"어이~ 옥영, 곱슬!!"

"……."

"야, 야! 기생 어디간지 알아?"

"……."

톡톡_아무리 건드려도 꿈-쩍 안 하는 두 놈. 아~ 주 평생 자라!! 자!!!

몇 분을 더 찾다가 호프집안엔 없는 듯해 보여 밖으로 나갔다.

허--엇!! 고독을 씹는 듯. 벽에 기대어 담배를 피우는 기생놈.

너~~ 무!! 안 어울린다.

"여기서 뭐해?"

"일어났냐? 아-주 평생 잘 것처럼 보였는데."

그렇게 오래 잔 것 같진 않는데….

"배고파서 일어났냐?"

뭐래, 이 자식이!!

"아, 아니야!"

"그래?"

"응! 아니야!"

"밤이라서 좀 쌀쌀하다."

"응. 나 추워, 추워!! 꺄아~ 옷 벗어 줘!!"

"내 옷 너한테 갔잖아. 붕아!!!"

"아, 그랬지? 미안….""

그러고 보니 이 놈 얇은 남방때기 하나밖에 안 걸쳤다. 자세히

보면 미세하고 떨고있었다. 푸헬헬~

"야! 좀 춥다. 안에 들어가."

"난 안 춥단다. 우-히히!"

"소름끼치게 왜 웃고 그런데?"

"근데 당신! 좀 많이 떨고있는 거 아니야?"

"또! 맞아야지?"

저놈은 허구한 날 때린대!

"아하하! 지금 몇 시지?"

"11시."

"헉! 벌써? 내가 좀 자긴 했나보네."

"그래. 지하철 끊기기 전에 빨리 가야겠다. 넌 괜찮아? 지금
들어가도?"

"웅! 괜찮아~ 우리 부모님 일요일은 언제나 늦게 들어오신 단다."

그렇다!!

일요일마다 바깥구경-_-하러 가시는 우리 부모님!!

봄이면 꽃놀이를 여름이면 계곡으로~ 가을이면 단풍놀이… 겨울이면 온천여행을. -_-

계절마다 꼭꼭!! 가신다.

그리고~! 결정적으로 나를 꼬----옥!! 빼고 말이다.

젠장~

"에이씨! 콱! 외박해 버릴까보다!"

"그래! 그럼 혼자 천천히 와라."

저건 꼭!! 말을 그따위로 밖에 못하지?

"근데 아까 왜 울었냐?"

"아까?"

"그래."

"내가 울었었어?"

"곰 같은 년! 시운가 부르면서 울었잖아."

아~아까 그 일인가보다. 생각이 잘 나지는 않지만 갑자기 시우가 너무 보고싶어서 참 청승맞게 울었던 거 같은데….

"헤헤-그냥! 왜~지금 나 걱정하는 거야?"

"뭐?"

갑자기 눈을 부릅뜨는 기생 놈! 털이 쭈뼛-선다. 하지만 난 꿋꿋이 계속 말을 이어나갔다.

"야, 나 우는 얼굴 진짜 예쁘지?"

"……."

"안 그래? 내가 생각해도 너무 예쁘다니까!"

점점 일그러지는 놈의 표정. 괜히 말했나싶기도 했지만 난 그래도 꿋꿋이 말을 이어갔다.

맞을 땐 맞더라도 말은 다하고 맞자!!

"응? 말해봐~. 진짜 예쁘지 않아?"

"하….."

"뭐, 사실 내가 청순, 가련 형이긴 하지. 푸히히-!"

"청승이겠지."

"아니야! 내 우는 모습보고 숱한 남정네들 마음이 흔들렸다니까!"

"때릴까, 죽일까 에서 흔들렸대?"

"너 자꾸 그렇게 초를 칠래?

"넌 자꾸 맞을 소리 할거냐?"

"히히!"

민망함+두려움에 그냥 웃어넘겼다. 그리고 호프집안으로 들어갔다.

아직까지 자고있는 두 놈! 저러다 평생 자는 거 아냐?

"어이~ 일어나, 일어나!"

"음~."

194

"일어나라니까! 지하철 끊긴단 말야!!"

"일어났다. 고막 터지겠네!!"

버럭! 신경질을 내는 옥영.

"미, 미안해."

작아지는 나.

"근데, 우리 언제 잔 거야?"

"몰라. 나도 일어나니까 너네 자고있었어."

"하~ 하암♡수연아~ 난 왜 안 깨워!"

"이, 일어났니?"

"응!♡"

깨우지도 않았는데 스스로 일어난 천곱슬. 저 놈은 하품을 할

때마저도 하트를 붙인 다냐!

"자기~ 잉."

기생 놈에게 다가가는 천곱슬. 그리고 뒷걸음 질 치는 기생.

"우리 자기♡ 피곤하지?"

"응. 너 때문에 피곤하다."

"아잉~♡너무해, 자기!!"

아까 노래방에서 멋져 보였단 말! 다시 취소하겠다. 몇 잔 안

마신 술과 안주들이 다시 쏟아져 나올 것 같다.

본모습으로 돌아오니까 참으로 역겹구나!!

"아잉~ 자기♡자기.♡"

집으로 가는 지하철 안. 우리 셋은 장풍운의 역겨운 모습을 계

속 봐야만 했다.

"꺼지라니까!"

"실형실형~.♡"

다시 정정하겠다.

나와 옥영이만 역겨운 모습을 봐야했고, 텐리는 가는 내내 당해야했다.

하아~.

★32★

《다음 내리실 역은 개리봉~개리봉 역입니다. 내리실 문은…》

(정확한역 명칭: 개봉동)

다들 알겠듯이(모르나?)기생과 우리 집은 참으로 가깝다.

"빠이빠이~♥"

천곱슬과 옥영쒸에게 인사를 하고 역에서 내렸다. 드디어 천곱슬에게서 해방이다.

라고 기생 놈이 말했다. 밖은 엄청 추웠다. 삽시간에 동태 될 정도로.

"기생아~.♡"

놈을 사랑스럽게 한번 부르고는 옆에 찰–싹 달라붙었다.

"뭐, 뭐야!"

"추워서~ 추워, 추워! 옷 벗어 줘! 응?"

"시끄러워."

"엉엉! 추워-벗어 줘, 벗어 줘!"

"왜 이런데."

"원래 남자라면 벗어줘야 되는 거야!"

"남자라고 다 벗어 주냐!"

"당연하지~. 원래 남자는 다-그래."

"난 여자 할래."

후아~ 저거! 또 헛소리한다. 대체 저 인간은 무슨 생각을 하
며 사는 걸까?

"우쒸! 그냥 벗어 줘!"

"여자 한다니까."

"그런 게 어디 있어!"

"여기."

유치한 새끼.

197

"그래도 벗어 줘!"

"상대방이 어떤 사람인지에 따라 벗어주던가 말던가 하지!"

"뭔 소리야."

"너라면 너 같은 애한테 벗어주고 싶겠냐?"

"이씨! 됐다, 됐어!"

소리를 한번 지르곤 놈과 떨어져서 걸었다.

난 계속 입으로 손을 호호-불어댔다. 정말 추웠단 말이다.

잠시 후 이런 내가 불쌍해 보였는지 기생 놈이 내 옆으로 다가

왔다.

"뭐야?"

"손!"

"손? 뭔, 손."

"손 달라고!"

"내가 개냐! 달라면 주게."

그러면서도 줬다. 아하하! 나 원래 이런 사람인 거 알잖아~.

그렇게 집으로 가는 내내 기생 놈은 차가워진 내 손을 잡아주었다. 근데 어째 좀 불안한 것이….

"아악!!"

"왜?"

"아프잖아. 이 놈아! 안 놔?"

그럼 그렇지! 예. 감. 적. 중!

그 놈은 아기자기한 내 손을 꼬집고, 비틀고, 깨물고(이건 아니다.)지랄 쌩쇼를 했다.

엉엉. 아프다. 하지만 기생 놈의 손은 정말 뜨끈뜨끈_했다. 누헬헬헬~☆

그렇게 우리는 우리 집까지 두 손을 꼬----옥 잡은 채로 갔다.

너무 꼬--옥 잡아서 아파 죽을 뻔했지만 말이다.

"오예!! 다~ 왔다!! MY HOME!"

"너하고 영어는 안 어울린다니까."

"뭐가 안 어울려!"

"됐다. 아무튼 잘 들어가라!!"

"엉~ 근데 나 손 저리다. 어떡할래?"

"뭘 어떡해?"

"네가 내 손. 잡아 비틀어서 아프잖아!!"

"잡아줘도 지랄이네."

잡아준 게 잡아준 것 같아야지 말을 안 하지. 더럽게 비틀어대고 큰소리는_!!

"또 표정이 안 좋다?"

"아, 아니야. 어머머—무슨 표정!"

비굴한 내가 정~ 말 싫다!!

199

"그래. 그럼 잘 들어가고 내일 보자."

"엉! 너도 언농 가라 훠이~."

나름대로 성의 있는 인사를 한 후 아파트 현관 안으로 들어갔다. 역시나! 집안에는 어느 누구도 없었다.

날아댕기는 초.대.왕 바퀴벌레만이 나를 맞이해 줄뿐이었다.

그렇게 오늘도 외로움과 무서움에 방안으로 들어가 이불 푸-욱 덮고 잤다.

+다음 날

"신수연! 빨리 안 일어나! 벌써 7시야!"

언제나 똑같은 레퍼토리. 지겹다. 좀 색다르게 깨워주면 안 되는 것일까?

"빨리 안 일어나-아앗!!"

화내는 것 마저 똑같다.

"일어났어! 아아~ 머리 아파. 으으-"

"왜? 머리 아파?"

"응! 지끈지끈 쑤셔."

"기다려 약 찾아 볼 테니까."

"아니, 약은 됐고~ 엄마!!그냥 콩나물국 좀 끓여주면 안 돼?"

"콩나물국?"

"응! 시원하게~ 캬아!!"

"너 어제 술 쳐 마시고 들어왔냐?"

헉! 엄마의 눈빛이 달라졌다. 방금 전까지 따스했던 그 눈빛이 아니었다.

"앗! 아, 아니! 엄마!!"

"이게 진짜! 내가 작작 좀 마시라고 했지!"

"어, 엄마. 아니라니까!! 으, 으악!!"

그렇게 딸을 무참히 짓밟으시는 엄마.

억울하다! 난 술자리에는 끼지만 마시지는 않는단 말이다. 정말 이거 너무 불공평한 거 아닌가?

자기들끼리만 여행이나 다녀오고, 딸은 완전 찬밥 취급해 놓고 마시지도 못하는 술 고작 몇 잔 마셨다고 개 패듯이 패다니!!

"히-잉!"

"뚝! 그치지 못하지?"

"그쳤어!"

"빨리 준비하고 학교나 가!"

찍-소리 한번 못하고 밖으로 나와 학교로 향했다. 머리가 띵-한 것이 어지럽다.

+학교 교문 앞.

교문을 통과하려할 때 난 누군가를 발견했다.

헙!!

허-업!!

허어-어업!!

"수와♡수연아~♡아침부터 보네~."

그 누군가는 천곱슬이었다. 젠장 하게도 아침부터 천곱슬을 만나다니!!

머리가 띵한 게 더 띵-해지는 것이 어제 먹었던 술이 다시 또 올라올 것만 같았다.

속 쓰리다.

"어, 어. 이제 오니?"

"응.♡"

"왜 하필 지금 오는 거니!"

"응?"

"아니야~ 아니야~."

째릿째릿_#

또다시 이곳저곳! 곳곳에서 소녀들이 나를 야린다. 야, 이 소녀들아! 이 놈이 좋으면 데꼬 가란 말이다!!

1,000원에 팔겠다. 무이자로 32개월 할부까지 해준다.

"헤헤~ 수연아~.♡"

뭐가 그리 좋은지 미치도록 웃어대는 천곱슬과 중앙현관까지 함께 걸어갔다. 같이 가면서 그 놈의 번호를 내 폰에 저장시켰다.

아니!! 내가 하고싶어서 한 게 아니라 반 강제로 저장시킨 거였다.

『 016-9232-XXXX 』

이름은 ★좋은 사람★으로 저장시켰다.

이 놈 자체는 별로 지만 어제의 'TOY'의 노래는 그야말로 예술이었기에.

그렇다! 난 아직까지도 헤어 나오지 못하고 있었다. 혹시라도 이 놈이 여기서 다시 한번 불러주면 난 뻑 갈지도 모르는 상황이다.

"그게 내가 가진 몫인 것만 같아~♬"

내 맘을 읽었는지 나를 빤-히 쳐다보며 부르는 천곱슬.

뻑. 갔. 다!♡_♡

난 그렇게 헤롱헤롱_거리며 천곱슬과 함께 교실로 올라갔다.

★33★

어느덧 2주가 흘렀다.

2주 동안 천곱슬과 무지하게 가까워졌고, 곱슬머리 옥영이와
는 베스뚜☆가 되었다. 참으로 놀라운 일이 아닐 수가 없었다.

내가 싫어하는 놈들하고만 가까워지다니….

아! 당연 기생 놈과는 여전히 웬-수지간이다~. 우리 사이는
물과 기름이라고 할 수 있다.

나는 놈과 섞여지고-_-싶은데 그 놈 성질이 하도 고약해서
되지가 않는다.

그렇게 오늘도 티격태격 하는 우리.

"야, 야! 기생~ 그제 꿔간 내 돈 200원 내놔!"

"지겹다. 200원 갖다 아침부터 이 지랄이냐?"

"지겨우면 내놓으시던가~."

"좀 있다줄게."

저게 진짜!

정말 나도 아침부터 200원가지고 이러긴 싫다. 하지만 진짜
저 놈은 내 돈 갚은 적이 한번도 없다.

다~ 쪼잔한 50원, 100원… 많을 때는 500원이었지만 어쩌겠
냐! 난 너무 빈곤한걸~.

"너 어제도 그랬잖아!!"

"아~ 진짜 지겨워 죽겠네."

"지겨우면 내놓으라니까?"

"수표밖에 없어. 99,800원 거슬러 줄 거냐?"

"……."

아-아악!! ★★ 나 이러다 조만간 화병 나서 죽을 것 같다. 하지만! 잠깐 넘어가 줘야겠다. 빈곤한 나에겐 99,800원이라는 거금은 없기에 그냥 한숨 자고 닦달해야겠다.

내 오늘은 기필코! 200원을 받아내고 마리!!

라고 굳게 다짐한 후 책상에 엎어졌다.(난 늘 그렇다.)

204

"웅성웅성"

"웅성웅성♡♡"

한~ 참 달게 자고 있을 때쯤, 참으로 시끄럽게 떠들어대는 소리에 잠에서 깨어났다.

일어나 보니 점심시간이었다. 그렇다! 난 4시간을 내리 잔 것이다. 아아~ 선생님들이 또 얼마나 나를 째렸을까?

"어? 수연아~♡일어났어?"

"야! 너 왜 이제야 일어나!"

방금 '웅성웅성' 한 원인은 천곱슬 놈과 이옥영양 때문이었다.

"언… 제 왔어? 하~ 암!!"

"온지 꽤 됐다!"

신경질적으로 대답하는 옥영이.

"너 무슨 일 있어? 왜 이렇게 신경질적이야~."

"아악! 젠장, 젠장! 짜증나 죽겠어!"

"왜?"

"에씨! 너 안 일어나서 내가 계속 장풍하고 놀아줬잖아!!!"

"하~ 뭐야, 그것 때문이었어?"

"아악! 저 새끼 존나 미쳤어. 저 놈 때문에 나도 같이 미쳐버릴 거 같아."

충분히 이해가 되는 말이구나. 옥영아!! 네가 저 새끼-_-라고 부르는 천곱슬은 예전부디 미쳐있었단다.

"그게 내가 가진 몫인 것 만 같아~.♫"

하~또 시작이시군. 천곱슬 놈 오늘도 '좋은 사람'을 열창한다.

내 폰에 저장되어있는 걸보고(대체 어떻게 본 건지!) 매일같이 저 노래를 부른다. 짜증이다! (다시 한번 말하지만 천곱슬 = ★좋은 사람★ 이라고 저장되어 있음.)

"풍운아~ 그만 좀 하면 안되겠니?"

"왜~♡ 듣기 싫어?"

"내가 예전부터 듣기 싫다고 했잖니!"

"언제, 언제?♡"

늘 저런 식은 천곱슬! 그런 천곱슬의 노래를 멈추게 하는 건.

"야, 이 새끼야. 시끄러워!!"

기생 놈의 한마디.

놈의 목소리가 들려오면 천곱슬은 그에게로 달려간다. 그리고 오늘도.

"왜~♡텐리야! 왜~불러? 응?♡"

"뭘 불러! 너 빨리 안 꺼지냐!!"

내 생각이지만 천곱슬 놈은 기생의 반응을 즐기고 있는 것 같다.

뭐 아무튼 그렇게 기생 놈은 희생양이 되지만 덕분에 우린 천곱슬의 마의 손에서 벗어났다. 그리고, 매일같이 이 두 놈과 지내는 나에게 변화가 일어났다.

싸가지 없는 기생도, 찐--득한 장풍운도 왠지 좋다.(이성적인

206

느낌 아니다.)

이런걸 두고 진정한 우정이라고 하는 건가?

내가 힘들 때 곁에 있어주는 텐리가, 내가 슬플 때… 나를 기쁘게 해주는 풍운이가… 너무너무.

"좀 꺼지라고! 달라붙지마!"

"이잉~ 왜 그래♡ 무섭잖아!"

"제발 좀 꺼지면 안될까?"

"싫어, 난 자기 옆에 있을 거야!♡"

"됐으니까 좀 꺼져!!"

"싫어, 싫어!"

조, 좋아진다.--;; 너무너무 좋아진다. 하하하!

정말 저런 쇼! 돈주고도 못 보는 거다. 멀쩡하게 생긴 두 놈의

엽기 쇼!

하아~ 애써 붙여놓은 정(情) 다시 떨어질 것 같다.

★34★

시간이 흐르고 흘러~ 지금은 하교길이다. 어쩌다보니 기생 놈과 곱. 슬2명과 같이 귀가(?)한다.

"아~ 나, 배고파! 자기♡우리 뭐 먹으러갈까?"

"너히곤 인가."

기생 놈_!! 그 말 한마디 남겨놓고 혼자 열심히 가더니..순식 간에 사라져버렸다.

아-아악!!★★이 자식아!! 200원은 내놓고 가야될 거 아냐!

"나도 먼저 갈게."

"어? 오, 옥영! 어딜 먼저…"

207

내 말이 채 끝나기도 전에 옥영씨도 나와 천곱슬을 냅두고 사 라져버렸다. 정말 황당하군!

난 그녀가 사라져버린 곳을 멍-하니 바라봤다.

"수연아~."

"……."

"수연아! 수연아!♡"

"어, 엉?"

"배고프지 않아? 우리 뭐 좀 먹으러 가자!"

"ㅡ_ㅡ공짜야?"

"하하! 그, 그럼~."

너무 고마운 곱슬이 나 또 감동 먹었다.

젠장! 이 썩을 기생 놈아! 곱슬이 반만 닮아봐라!

앗, 잠깐. 방금 했던 말 다시 취소하겠다. 안되지 안 돼. 버터가 둘이면 세상 살기 힘들 테니까….

"빨리 가자, 가자.♡"

걷고, 걸어 근처 김밥 집에 도착했다.

"여기 똑같은 거 4줄 시키면 1,000원 할인이야~."

"지, 진짜?"

"응♡ 그러니까 4줄 시켜서 나눠먹자!"

"좋아, 좋아_♬"

예전에도 이런데 와봤었는데 그때 생각이 나는구나~ 뭐, 그럼 난 치즈….

"아줌마~ 참치김밥 4줄이요~."

"뭐? 참치? 잠깐잠깐! 아줌마~ 잠깐이요!!"

"왜?♡"

"안 돼! 우리 치즈김밥 먹자~. 나 참치 안 좋아해서 먹으면 속이… 우욱!"

"근데 나도 참치밖에 안 먹어서 치즈는 못 먹거든. 느끼해서."

하~ 풍운아! 말이 되는 소리를 해야지. 너 자체가 느끼 인데 치즈를 못 먹는 게 말이나 된다고 생각하니?

네 몸을 이루는 것이 버터! 그리고 버터와 치즈는 매우-밀접한 관계란 말이다. 새꺄!!

아악!!★ 버터인간이 치즈를 못 먹는 게 말이 돼?(좀 흥분했다.)

그리고 보니 1년 전에도 이런 일이 있었었지. 그 녀석도 천곱슬하고 똑같은 타입이었다. 물론 그 녀석은 느끼한 놈은 아니었지만 말이다.

"히잉~♡ 그럼 어떡하지?"

"참치는 몸에 안 좋단다!! 치즈 먹자꾸나!!"

"치즈는 느끼해서 못 먹겠는데?"

이씨! 난 참치는 절대 못 먹는단 말이다!

한참 고민을 한 후 우리는 눈물을 머금고 난 치즈김밥을 그 놈은 참치김밥을 아~ 주 맛나게 먹었다. 엉엉!

내 돈은 아니지만, 눈앞에서 돈이 날아가는구나!! ☞₩1,000☞

+다음 날 점심시간.

역시나 오늘도 기생 놈은 내 옆자리에서 주무시고 계시다.

저 놈! 아직까지 내 돈 200원 안 갚았다.

"수연아~♡ 우리 왔어~. 곱슬이 왔어요~.♡"

어김없이 오늘도 그들이 왔다.

장풍운과 이옥영양!!

요즘 당신들 하루도 거르지 않고 너무 자주 오는 거 아냐?

"아~ 진짜 이 자식! 왜 이렇게 가는 곳곳마다 따라다니는 거래냐?"

"나한테 물어보면 어째! 풍운이한테 물어봐야지."

다시 곱슬이에게 시선을 꽂으시는 옥영양.

"너 왜 자꾸 나 따라다녀!"

"오!! 옥영♡혼자 다니면 심심할까봐 같이 다니는거자노~."

"안 심심해."

"거짓말, 거짓말!♡"

"진짜 싫다고! 같이 다니기 싫어!! 좀 가!!"

"엉엉! 왜 그래~.♡ 무서버, 무서버~ 힝~."

"미친! 아~ 난 그냥 잠이나 자련다. 더 이상 네놈하고 상대했다가는 머리통 뽀개지겠다!"

옥영양은 내 앞자리에 엎어졌다. 얼씨구~ 앞, 옆으로 엎어지셨네~? 그리고 이상한 놈 하나 내 옆에 다가오셨고!!

"어? 뭐야!♡다 자는 거야?"

"그런갑다. 풍운이 너의 자기도 주무시고."

"잘됐네~. 헤헤- 수연아, 내가 오늘 점심을 갖고 왔어요~."

"오! 뭐시라? 점심?"

"엉~."

카오-오옷!

짜식! 맘에 드는 구석도 있구나!

"메뉴는 뭐야?"

"뭘까, 뭘까?♡"

"양 많은 거지?-_-"

"엉♡"

"아~ 뭘까? 아이~ 궁금하네. 까르르-"

"김·밥!"

김밥? 하아~ 괜히 갖은 꼴값을 떨었구나.

근데….

"기, 김밥? 서, 설마 너!"

"치즈김밥이야! 수연이 너 치스김밥 좋아한다며~."

"어머머-정말, 정말?"

"응!♡ 나 착해?"

"오우예예~ ★베리베리 착해! 넌 내 처진 눈이 올라갈 때까지 착할 거야!!-_-"

너무 오버해서 감동 먹었다. 자연스레 내 최악의 콤플렉스까지 내뱉고 말았으니 말이다.

하지만 뭐, 어뗘!!! 이렇게 감동한 것을…. 흐어엉~.

"고마버! 풍운아~ 잘 먹을게."

"응, 맛있게 먹어~.♡"

"그래, 그래!"

눈물까지 흘리면서 먹었다. 다들 잘 알지 않은가! 나 오버 짱인거~ 언제나 나에게 이렇게 잘해주는 장풍운을 보니 시우 생각이 난다. 시우도….

+번외+

■수연 + 시우■ 작은 번외 편.

■첫 번째 이야기■

『 이건 우리 둘만의 약속이야. 』

내 취미이자 특이사항은 지하철에서 남의 등짝에 기대어 자는 거다.(것도 꼭!! 남자 등짝만.)

특기라고 말하고 싶지만 예전에 그렇게 말했다가 거대하게 맞은 적이 있어서 그 후부터는 특기사항을 특이사항이라 자연스레 - _말하게 되었다.

그렇다!! 나의 비굴 모드는 아-주 오래 전부터였다. 이것이야 말로 특기군.

때는 고등학교입학 이틀 전 봄비는 지하철 안에서 나의 특이사항을 유감 없이 발휘했다.

오오옷!! 목표발견!! 키가 180정도가 되는 넓은 등판의 사내를 발견했다.

츄르~ 릅!! 흘러내리는 침을 닦으며 서서히 그 남정네 쪽으로 다가가 고목나무에 매미가 붙은 것처럼 차--알싹 달라붙어 잠을 청했다.

어깨가 살짝살짝_움직이는 것이 내가 상당히 거슬리는 모양이다. 하지만 난 절대 굴하지 않고 끝까지 붙어서 잠을 청했다.

"음냐~ 음냐."

얼마나 잔 거지?

왠지 느낌이 이상한 것이 분명히 난 서서 넓은 등판 사내에게 기대어있었는데 지금은 편히 앉아있다.

역시 무언가에 기대어 정체를 확인하려 한쪽 눈을 살-짝 떴다.

"엄마야!!"

깜---짝 놀랐다.

이유는 눈을 뜨자마자 어떤 사람의 눈이 바로 내 앞에 있었기 때문이다. 참 민망했다.

"어이구~ 미안, 미안."

"하아~ 심장 멈추는 줄 알았네….'

"아! 미안해."

"괜찮아요~."

"많이 피곤한가보네?"

"하하! 시, 시험기간이거든요. 하하!"

"그래?"

무슨 얼어죽을 시험기간~!!

이틀후면 고등학교 입학하는 것을 난 왜 말을 해도 꼭 이렇게 헛 나오는 걸까?

"아, 저기… 근데, 그러니까…."

"응?"

"제가 어떻게…."

"아~ 너 내 등에 기대어 잔 거는 기억해?"

끄덕끄덕.

"하하! 자리 났기에 같이 앉은 것 뿐이야."

"아, 네!"

하~ 이게 웬 대쪽이냐!! 사람 등에 기대서 잔 적은 많지만 이렇게 된 적은 한번도 없단 말이다!!

쪽팔려 죽겠네~.진짜!

214

"근데, 뭐 나쁜 꿈꿨어?"

"꿈이요?"

"응! 빨간색 어쩌고저쩌고 그러던데?"

"근데 뭐 나쁜 꿈꿨어?"

"꿈이요?"

이건 또 뭔 소리래!!ㅠ_ㅠ

"죄송해요….."

"하하! 죄송할 게 뭐가 있어~. 난 재밌었어."

"아, 그래요? 다행이네요!!"

《이번 정차할 역은 오목교… 오목교역입니다. 내릴 실 문은…》

"어? 오목교다~. 난 여기서 내려야 되거든?"

"아, 네!! 어깨 빌려주셔서 감사했습니다."

"하하! 그래!!"

"안녕히 가세요~!"

빨리 좀 가라!! 휘이휘이~

"응!! 그래!! 꼬마야 잘 가라~."

멀대는 내렸다_

방긋_ 눈웃음치며 내렸다_

꼬마라고 하며 내렸다_

젠장!! 저 놈은 내가 어린 줄 이니보다.

나 이래봬도 이틀후면 고1인데 말야.

■두 번째 이야기■

오늘은 고등학교 입학식이다.

설레는 마음 전혀 없이! 학교로 출발했다.

내가 다닐 고등학교는 아원고등학교라고 걸어서 15분 정도 걸리는 꽤-가까운 곳에 위치한 고등학교였다.

흥얼흥얼_ ♬콧노래를 부르며 교문을 통과하려는 찰나~

"어이~ 너!!"

"……."

"어이~ 너 뻴. 건. 므. 리!!"

머리가 환하게 벗겨진 전형적인 학년주임 모습의 선생님이 내 앞길-_-을 가로막았다.

"저요?"

"그래. 니 뻘.건.므.리!!"

"뻘건므리요?"

"그래! 이거. 뻘~ 건거!"

얄팍한 나무막대기로 내 머리를 툭툭_치며 말하셨다. 빨간 머리를 말하는 건가?

나중에 알게 되었지만 학주는 발음이 심하게 부정확했다.

"이게 왜요?"

"니! 우리핵교는 염색이 안 돼!"

"알아요."

"알아? 근데 이 뻘건거는 므꼬?~"

"이거 자. 연. 산인데요!!"

"자연산? 자연산이라…."

학주는 잠시 생각에 잠겼다. 나도 앞에서 같이 생각에 잠겨줬다.

짜―――――――――――악!!☆★

"아악!!"

"이게 으디서 그짓말을 할라꼬!!"

갑자기 학주는 들고있던 얄팍한 매로 내 팔을 내리쳤다. 전기가 찌릿찌릿_오는 것이 매저키스트들이 좋아할 만한 충격이었다. 하지만 난 아니다!! 아파 죽겠다. 얄팍한 것이 왜 그렇게 아픈 거냐!!

"이런 므리가 자연 산이 으디 있노!!"

"진짜예요! 저 태어나서 한번도 염색해본 적 없어요!!"

"이게 진짜! 으이?"

쫘――――――――악!!☆★

"아-아악!!!"

다시 한번 얄팍한 매가 날라 왔다. 찌릿찌릿_난 다시 전기충
격을 받았다.

하~ 나 이러다 매저키스트 되는 거 아나?

"제대로 말 몬하나?"

"아악!!! 진짜라니까요!!"

"……."

"왜 그렇게 못 믿어요! 아파 죽겠네, 진짜!!"

"느그 이름 뭐꼬?"

"신수연이요! 신. 수. 연! 그리고 아파 죽겠으니까 제발 좀 그
만 때리세요! ㅜOㅜ"

"그래! 신수연이!"

학주는 약간 당황한 눈치였다. 내가 거의 절규하는 듯이 소릴
질러댔으니 뭐 당연한 현상이었지만 말이다. 그리고 지켜보겠다
며 나를 풀어(?)줬다.

그 후로 학주는 나를 부를 때 '빨건므리' 라고 불러댔다. 젠장
~

중앙현관으로 초스피드로 뛰어가 교실을 찾아다녔다.

"1학년 2반, 2반… 여기구나!!"

교실은 아직 텅-비어있었다. 대충 아무데나 앉아 아직도 찌릿_거리는 팔을 심하게 문지르며 나도 모르게 스르르_잠이 들었다.

"웅성웅성."

"웅성웅성."

정말 사이즈 안 나오는 시끄러운 소리에 살짝-한쪽 눈만 뜨고 소리가나는 곳을 봤다.

바로 옆 분단에 _바글바글_여자 애들이 모여있었다.

신경 끄고 다시 잠을 청하려 할 그때 한 아이의 커다란 덩치가 나를 덮쳐왔다.

"꺄아아아악!!" ☜나를 덮쳐온 아이.

"아… 욱… 으으으으~" ☜ 졸지에 밑에 깔린 신수연

쿠당당탕!!쿵당쿠ㄷㅏ다당★☆★☆☆★

신음소리도 못 낼 정도로 숨이 막혀왔다. 이 상황에서 할 수 있는 건 덩치를(덮쳐온 아이) 야리는 것 뿐!!

그리고 _바글바글_한 기집눈들은 하나같이 실눈으로 나를 불쌍하게 쳐다만 보고있었다.

야, 이것들아!! 내가 불쌍히 보이면 이 덩치를 언능 일으켜줘야 될 거 아녀!! 무거워죽겠다. 뼈 부러질 것 같아…. 나 죽겠단 말야!!

218

째릿째릿 심하게 소녀들을 째려봤다.

나의 눈빛을 이해했는지 한두 명씩 다가와 덩치를 일으켜 세웠다. 그제야 난 겨우겨우 일어날 수 있었다.

아픈 몸을 일으키려는 그때 기집눈들에게 둘러싸인 한 남정네와 눈이 마주쳤다.

파라다이스키스(야자와님의 만화책)에 나오는 '죠지' 하고 비스무리한 놈이었다. 그리고, 이틀 전 지하철사건의 그 놈이었다. 멀대 놈!

"어? 너!!"

"……."

휘이익~!

반사적으로 그 놈을 보곤 고개를 푸--욱!!! 숙였다. 나도 인간이고 여자다. 쪽팔리는 건 당연한 거였다!!

"야, 야! 너 그때 개 맞지?"

"……."

"어이~ 고개 좀 들어봐! 이렇게 만난 것도 인연이잖아!"

언제 내 옆으로 다가왔는지 멀대 놈은 나를 톡톡_쳐대며 부른다.

하~ 그 짧은 순간에 날 봤나보다. 내가 누구인지도 기억하고…. 아직까지 그 사건을 안 잊어버렸나보다. 엉엉!!

"어이~ 왜 대답이 없어?"

"저, 그 아이 아닙니다."

"하하! 거짓말한다~ 빨간 머리. 맞는데!"

"……."

"그만 고개 좀 들지 그래? 목 안 아파?"

"안 아프니 신경 꺼주십시오. -_-"

"하하! 근데 너 고등학생이었냐?"

"넌 내가 아직도 꼬마로 보이냐!!"

화-----악!!★☆

욱-하는 성질에 나도 모르게 고개를 들어버렸다.

흐엉. 결국 그 놈과 마주하게 되었다.

아악!!! 민망해 죽겠네. 진짜.

220

"하하! 미안하다."

"키 차이 조금 난다고 더럽게 꼬마 취급하네 그려!"

"하하!! 미안하다!!"

이젠 쪽팔릴 것도 없다고 생각하며 막 나가는 신수연.

"미안하다니까 그러네. 그럼, 꼬마! 소개나 한번 해봐라."

"지금 장난 하냐? 그리고… 뭐? 꼬. 마?"

"앗! 미안. 그럼 어이~ 빨간 머리!"

"빨. 간. 머. 리?"

"그것도 안 되는 거야?"

"그래!"

"그럼 뭐라고 부르냐!"

"신. 수. 연! 신수연이라고 불러!"

당당히 멀대 놈에게 내 이름석자를 알려줬다.

아~ 근데 내 머리가 대체 얼마나 빨갛기에 여기저기서 빨간 머리라는 거야!

젠장할~

"신. 수. 연? 역시… 너 맞았구나!!"

"뭐가?"

"아니야."

싱거운 놈_!! 그 놈은 계속 날 보며 씨-익 웃고있었다.

입학식은 안에서 했다. 간단하게 담임소개(일명 경석씨♡라고 26살 총각이다. 매우 멋있다.)와 기타 여러 가지 사항을 얘기한 후 입학식이 끝났다.

221

난 입학식이 끝나자마자 쏜살같이 교문을 빠져나와 아르바이트장소로 향했다.

"어이~ 꼬마!"

누군가 뒤에서 나를 부르는 소리가 들려왔다. 그 소리는 내 신경을 필요이상으로 거슬리게 했다.

■세 번째 이야기■

뒤를 돌아봤다. 안 봐도 내 표정은 분명 찌그러져 있을 것이다.

멀대 놈의 등장이었다.

"뭐야!"

"꼬마~ 집이 이 방향이냐?"

"너, 내가 꼬마라고 하지 말랬지! 같은 나이라는 걸 잊었냐?"

"아, 네! 죄송합니다. 신. 수. 연씨 이쪽 방향이세요? 하하!"

붙임성도 좋은 놈

"그려!! 이쪽 방향이다~. 앞으로 계속 이름을 불러주길 바란다."

"하하! 알겠습니다."

"푸히히-성격도 좋네요~."

"그럼요~. 이 성격으로 먹고 사는데요!"

"아하하!!"

"뭐? S중? 너S중 나왔어?"

"응, 왜?"

"진짜?"

"왜? 아는 애라도 있어?"

"거기에 이시우라는 애 있었지?"

그 놈과 나는 같은 방향이라 같이 가고 있다. 얘기를 하다 그 놈의 입에서 나온 S중.

중학교 때 단짝친구 혜진이가 매일같이 입에 올리던 '이시우'라는 놈이 다녔던 학교. 한때 혜진이 좋아했던 이시우….

지겹게도 매일같이 그 애 얘기를 했었다. 작년겨울에 고백했다가 차였다며 전화로 나에게 하소연했던 기억이 생생하다.

"이시우라…. 걔 왜?"

"내 친구가 좋아했던 애거든."

"그래? 네 친구 이름이 뭔데?"

"말해봤자 모르잖아."

"하하! 아니, 그냥…."

"내 친구 걔한테 보기 좋게 차였어. 혜진이 진짜 잘 나가는 앤데… 예쁘고, 날씬하고… 근데 이시우! 지가 얼마나 잘났다고!!"

"혜… 진이?"

"응! 걔 이름이 서혜진이거든. 뭐야, 나도 모르게 말했네…. 아무튼! 왜? 들어봤어? 걔 꽤~ 잘나가~."

"그래?"

"너! 걔 보면 뻑-갈 거다~. 진짜 예쁘게 생겨서…."

"하하! 그래?"

"근데 성격이 좀 안 좋아~. 하핫!"

"그래?"

"너 여자친구 있어?"

"없는데…."

"정말? 그럼 내가 혜진이 소개시켜줄까?"

"됐네요~."

정말 관심 없는 듯한 표정이었다. 지금까지 남자애들한테 혜진이 얘기하면 거의 다 반응이 GOOD이었는데~.

223

"그럼 너 A여중 나온 건가?"

"어떻게 알았어?"

"서혜진이 거기 나왔잖아."

"뭐야, 혜진이 아는 거였어?"

"뭐, 그냥. 조금….'"

"그래? 너도 걔 성격을 알아서 싫다고 했구나."

"하하!"

"혜진이가 남자애들한테는 좀 차갑게 대하거든…. 이시우 때문에."

"그래?"

그럼 얘도 혜진이를 좋아했던 건가? 키도 크고 스타일도 좋은 게 참 아깝단 말야.

"아, 아무튼! 시우란 애 알아, 몰라?"

"알아."

"알아? 그럼 나 좀 만나게 해줘!"

"무슨 할말 있어?"

"응! 만나서 해결할 문제가 있어서 말야."

"그래? 쿡쿡!"

그러고 보니 멀대 놈은 아까부터 계속 웃어댄다. 허파에 바람이 든 것처럼 계속 실실 쪼개고만 있다. 왜 저래?

"근데 너 이시우 만나면 어떻게 하려고? 설마 패려고?"

"내가 걜 왜 패냐~."

"그럼 반 죽여놓으려고?"

"나 폭력 싫어하는 사람이다!"

"하하! 그럼?"

"걔한테 강. 하. 게 할말이 있어서…"

"뭔데?"

심호흡 한 번하고 후~~~~움!!

"야!! 이시우! 난 어때? 하면서 윙크를 날려주는 거지. 히히!"

"뭐? 푸웁 푸하하하하하!!"

멀대 놈온 갑자기 미친 듯이 웃어댔다. 참~ 쓰러질 것 같아
안쓰러웠다.

"뭐야, 이씨! 왜 웃어!!"

"푸핫! 고작 한마디 던진다는 게 난 어때? 이거야? 쥐 패는 것
도 아니고?"

"걜 내가 왜 패냐니까~. 난 폭력 안 쓴다니께~."

"하핫. 그래그래."

"혜진이처럼 완벽한 애를 뻥-찬 거 보면 분명히 정상적인 애
는 아닐 거란 말야. 이시우는…."

"그럼 비정상적이라는 거야?"

"하하! 그건 아니지만 뭐~이렇게 말해도 걔는 내가 싫겠지만
말야"

"난 좋아!"

"뭐야, 너한테 얘기한 거 아니잖아. 암튼 언제 시우라는 애 만

나면 꼭! 얘기해줘야지~."

"쿡쿡!! 그래."

진지하게 다짐하는 내 옆에서 멀대 놈은 아직까지 웃고 있다. 젠장!! 뭐가 그렇게 좋다는 건지.

"어? 벌써 다 왔네. 나 이 골목으로 꺾어야돼. 아르바이트 때문에. 어휴~ 늦었다."

"그래?"

"아, 그러고 보니 나 아직 네 이름 모른다. 하하!"

"이제야 생각이 나셨어? 난 언제쯤 물어 봐주나 기다렸지."

"하하! 미안, 이시우 얘기하느라 정신이 없었네."

"괜찮아."

"이름이 뭐야? 1년 간 같은 반인데 친하게 지내야지. 안 그래?"

"그렇지!"

그러고 보니 난 친하지도 않은 애한테 별의별 얘기를 다 한 것 같다. 이시우 하고 안다고 했는데 오늘 얘기 다 말해버리면 어떡하지?

아무튼!

"야, 야! 얼른 말해. 나 알바 늦었다니까!"

"시우야… 이시우!"

"응? 시우? 우와~ 이름 좋네. 그래, 시우야 반갑다. 친하게… 잠깐, 뭐? 이시우? S중 이… 시우?

"그래, 이시우. 방금 전까지 얘기했던 이시우. 야, 야! 너, 늦었다며~ 그럼 잘 가라. 내일 보자."

- _-

저 놈이 이시우랜다. 그 말로만 듣던 이시우랜다. '난 어때?' 라고 말 한번 던지려고 했던 이시우랜다.

참 세상은 넓은 듯 하면서도 좁구나. 심히 쪽팔린다!

■네 번째 이야기■

그리고 자신을 이시우라 소개한 그 놈은 홀~~ 쩍 가버렸다.

난 황당해서 잠시 멍하게 가만히 서 있었지만 나 역시 아르바이트장소로 파다–닷! 발에 모터를 단것처럼 열심히 뛰었다.

그리고 아르바이트를 끝내고 집에 와서 혜진이에게 오늘 있었던 일을 말해주었다.

그 년 참 부러워했다. 우헬헬- 하지만 난 쪽팔렸다. 엉엉.

+다음 날.

일찍 학교에 도착해 오늘도 교문에서 학주와 찌릿찌릿_전기철사(얄팍한 매)를 만났다.

씨-익 웃어 보이곤 냅다 교실로 뛰어들어왔다. 그리고 자리에 앉아 아르바이트 때문에 부족한 잠을 잤다.

"웅성웅성."

"ㄲㅑ〉ㅁ〈"

이번에도 옆 분단 이. 시. 우! 놈 쪽에서 소리가 났다. 어제와
는 다르게 'ㄲㅑ'라는 것도 첨가되었다.

난, 자는 척을 하면서 우리 반년들에게 둘러싸인 그 놈의 옆모
습을 쳐다봤다. 솔직히 내 눈엔 차진 않지만 꽤- 봐 줄만한 얼굴
이었다.(더 솔직하게 말하면 멋있다. 어제 일만 아니었어도!)

"흑, 젠장. 젠장. 아까워. 아까워!!"

아무도 모르게 나 혼자 중얼대며 눈물을 훔치고 있었다.-_-

228

+하교 길.

입학식 다음 날 밖에 되지 않아서 그런지 친해진 연놈들이 하
나도 없다. 그래서 난 오늘도 쓸쓸히-혼자 걷고 있다.

아!! 내 짝꿍은 어제 날 깔아뭉갠 그 덩치 년이 되었다. 하지만
이름은 정말 예쁘다. 덩치와는 다르게 '이. 나. 비.' 나비라면 하
늘하늘 +♡ 역시! 다시 한번 생각해봐도 그 덩치와 맞지 않은 이
름이군.

"어이~꼬마!! 또 혼자냐?"

또다시 뒤쪽에서 날 부르는 시우 놈의 목소리! 또! 꼬마란다.
젠장. 정말 정 주기 싫은 타입이다.

"내가 꼬마라고 부르지 말라고 했지!"

"하하! 다시 한번 미안하다. 어이~오늘도 혼자냐?"

"응, 나 왕따잖아. 근데 너야말로 왜 또 혼자야?"

"나도 왕따잖아. 하하! 같은 왕따끼리 친하게 지내자고-"

"아니, 별로.-_-"

"왜~ 친하게 지내자!"

"네 근처의 ㄲㅑㄲㅑ♡거리는 애들하고 친하게 지내라."

"지금 질투하는 거야?"

"먼저 갈게."

저 놈은 붙임성이 좋아도 너무 좋고, 또한 닉살은 왜 그렇지 좋은지 같이 있다간 저 놈 페이스에 걸려들 것 같아 빨리 걸었다.

"난 어때?"

속도를 내며 걷는 나에게 놈이 던진 말이었다. 설마 이 놈이 이시우란 생각은 1%도 안하고 내뱉은 말『난 어때』후회가 물밀듯이 밀려온다.

"이씨! 시끄러. 그건 그냥 한번 해본 말이라니까!"

"아~그렇습니까? 나도 그냥 한번 해본 말이야."

"……."

"근데 그때 얼굴까지 빨개질 필요는 있었을까?"

씩-웃는 여유.

아악!!★ 아-아악!!★★

다시 고치겠다. 저건 넉살도 붙임성도 아닌 한 마디로 재. 수.

없. 는 성격이다. 분명 전생에 여우였을 거다! 꼬리 아홉 개 달린 구미호!!

"누가 빨개졌다고 그래. 아무튼! 정말 그냥 해본 말이야…. 새겨듣지 말라니까!"

"그래."

"그리고 제발 내 앞에서 그 말. 그만 좀 하면 안 돼? 나 민망하단 말야!"

"그래? 하하. 신수연! 난 어때?"

"야, 하지 말라고 했지!"

저 놈이 지금 나 염장 지르는 건가? 간사한 여우같은 놈. 민망해서 얼굴이 달아오를 것만 같다!!

"제발 사람 말 좀 끝까지 들어라."

"네 말끝까지 들을게 뭐가 있어!"

"하하! '난 어때' 라고 내가 너한테 묻는다면? 넌 어떻게 할거야?"

"뭐여~그게 당연히! NO… 글쎄 잘 모르겠어. 뭐, 그런 상황이 닥쳐봐야 알겠지."

"지금이 그 상황이야."

"뭐?"

"다시 한번 묻는다. 신수연! 난 어때? 참고로 장난이 아닌 진심으로 받아줬으면 한다."

진지한 표정으로 나에게 묻는 이시우.

"뭐야~ 장난하지마! 진짜로 믿는 사람도 있어. 나처럼…."

"난 분명 뒤에 진심이라고 말을 덧붙였다."

"……."

계속 진지한 표정이었다. 이럴 땐 뭐라고 대답해야 하는 거야? 좋다고 하기에도 그렇고, 싫다고 하기엔 내 분수를 알아야지.

"야~근데! 갑자기 왜 그래!"

"갑자기? 뭐, 너에겐 갑자기 이겠지만 난 늘 생각해온걸 지금 말했을 뿐이야. 이게 갑자기 인기?"

"… 뭐?"

"난, 너 예전에 많이 봤어."

"언제?"

"그건 나중에. 아무튼 난 어때? 하하!"

"그, 그게 말야. 있잖아…."

'웃는 얼굴에 침 못 뱉는다.' 라는 말은 이럴 때를 위해 있는 것인가 보다.

지금 저 놈의 말과 표정은 매우 다르다. 왠지 싹퉁머리없게 '난 어때?'를 말하면서도 표정은 웃고 있는 것이!

"설마 못 알아듣는 건 아니지? 직접적으로 바꿔 말하면 사귀자는 거야! OK?"

어머머~♡ 지금 나에게 사귀자고 한 거 맞지? 까르르-♡

좋기는 하다만 그래도 내가 쟤하고 사귀면 엄청 딸리는데. 그리고 혜진이에게는 뭐라고 말하지? 그리고 시우 놈에게 매일같이 들러 붙어있는 거머리 같은 아이들에게는?

아악!! 죽겠네…. 진짜!!

하지만 결국!

"나야 좋지!"

생각은 오만가지 잡다한 생각을 다해놓고 정작 말은 단 네. 글. 자로 간략히 표현을 해버렸다.

날 보는 놈의 눈빛이 심상치 않구나. 흐~ 음!!

뭐 어쨌거나 이렇게 넉살좋은 여우 놈과 단순한 곰탱이의 러브스토리♡는 시작되었다!!

■다섯 번째 이야기■

어느덧 시우와 사귄 지 일주일이 지났다.

짝꿍 그 '덩치 나비' 와는 베스트가 되었고, 시우와는 아직까지는 그럭저럭 좋은 관계를 유지하고있다.

며칠 전 시우에게 물어봤었다.

"이시우!! 너 나 예전부터 봤었다고 했지?"

"응."

"그럼, 너 내가 어디가 좋아서 사귄 거야?"

"……?"

가장 궁금한 부분이다.

"난 너 만난 기억이 없단 말야. 너 혼자 나 본 거야? 아무튼! 내 어디가 좋은데? 응?"

"정말 기억 안나?"

"미안하게도 기억이 안나. 난 너 본적이 없어…."

"뭐, 아무튼 솔직하게 지금까지의 내 주위에 있는 여자들과는 전혀~ 다르니까 재밌잖아."

역시.

"뭐야, 그것 뿐이야? 예쁘고 깜찍히디던 지, 착하고 순수하다 던 지-_- 아님 다른 남자들처럼 뻔지르르-한 말 있잖아. '운명 이라는 걸 느꼈다' 라는 거 이런 건 전. 혀. 없. 이 그냥?"

"운명? 너 내가 그런 말하면 믿어줄 거야? 난, 그냥 다른 애들 과는 다른 매력을 느꼈다고 해야 할까? 아님, 특이하다고 표현 해야되나? 휴~ 복잡하다. 난 그냥 너니까 좋아!"

233

이런 사소한 말로 날 감동시키다니!! 근데 시우야. 특이는 좀 깨잖아!!

"너 또 병신같이 뭘 생각하냐?"

"응? 아니야~ 생각은 무신생각!"

"너 또 그때일 생각했지? 아~ 주 지겹다. 지겨워."

난 이 일을 나비한테 말해줬었다.(위에서 설명한 아름다운상황~♡)

나비 년 부러우면서도 아닌 척을 한다. 크크- 부러우면 부럽다고 하던가… 괜히 시비다!

"아악!! 나비야!"

"뭐야, 갑자기 왜 그래?"

"엉엉. 나 배고파 죽겠어! 우리 뭐 좀 먹으러갈까?"

"미친! 매점도 없는 이노무 학교에서 뭘 쳐 먹겠다는 거야!"

"아니~ 밖에 나가자고♡"

"……?"

"학교를 탈. 출. 하. 자. 고. 요!!"

이제 곧 점심시간이다. 우리학교 겉만 뻔지르르했지 매점하나 없는 꾸진 똥통학교다.

탈출해야 하는 것은 살기 위한 어쩔 수 없는 수단이다. 하지만 무엇보다 중요한 것은 황금 같은 점심시간에 아무것도 못 먹은 채 있긴 싫었다.

뭐 살다보면 학창시절에 이런 경험도 추억이지 않겠는가!

우리는 그렇게 점심시간종이 땡★치자마자 바로 실행에 옮겼다.

예전부터 봐 논자리로 다가가((잠깐※ 담의 설명 담은 꽤 낮지만 엉덩이큰 아이들은 끼기 때문에 넘기가 힘듭니다.

|=|=|=|=|=|=| = 🏠이렇게 생긴담 입니다.

특히 ↑이 부분에 끼면 장난 아닙니다.))

야아아압!!☆ 폴-짝 담을 넘었다.

"어이~ 나비! 어여 넘어와! 컴온~ 베베!"

"응, 알았어. 기다려. 잠만….”

짹깍짹깍_3분 경과.☆ 똑딱똑딱_5분 경과.☆

나비는 계속 넘어오지 않고 담에 앉아만 있다.

"야! 이나비! 안 넘어오고 뭐해~ 높지도 않은 거 그냥 뛰어내려!”

"아니. 그, 그게 아니라….”

"뭐!!! 이러다 샘한테 걸리겠다. 언농 안 뛰어 내리냐~!”

"저, 저기… 나 있잖아.”

"뭐!!! 빨리 넘으라니까!”

"… 꼈어. ㅠ_ㅠ”

Oops~!!

235

그래! 내 이럴 줄 알았다. 그러게 얼마 전 TV보며 엉덩이 살 빼라고 했을 때 좀 빼던가 아님 빼는 시늉이라도 한번 해보던가!

"헐~ 어떻게 하냐! 진짜 엉덩이 안 빠져?”

"엉! 나 아파 죽을 것 같아. 좀 빼봐….”

쭈----------욱!! ☎나비 끌어 댕기는 소리_♪

퍽버버버벅!!★★★★ ☎사정없이 담을 치는 소리_♪

찌------익 ☆★ ☎Oops!! 나비 년 치마 단 찢어지는 소리_ ♪♪♪

그. 리. 고!!

"어이~ 니네 지금 거기서 뭐하냐?”

지금 학교에 오는 건지 아무튼 이 소리는 우리를 향해 걸어오며 말하는 시우의 목소리였다.

크악! 큰일이다. 이걸 어떡해 말 하냔 말이다!

"어? 그, 그게 나비가 말야…."

"웅? 어이~ 나비! 거기 앉아서 뭐해? 빨리 내려와. 그러다 걸린다!"

벌써 걸리다 못해 꼬─옥! 끼었단다. 시우야!!

나비는 울상을 짓고있다. 불쌍한 나비 어떡해!! 불쌍한 우리나비!!

이것이 한때 시우를 좋아했었는데 완전 大쪽이겠구나. 카오오-!

"아니. 그, 그게 나비… 엉덩이가 말야…."

"엉덩이?"

"아니, 그러니까~ 저기 담에…."

말하기 참으로 민망스럽다. 엉덩이 낀걸 어떻게 말 하냐고!

이 놈은 내가 민망스러워 하는 것 같아 보이면 대충 찍어서라도 맞춰주면 어디 덧나나?

그냥 멀뚱멀뚱_쳐다만 보고있다.

"그러니까 뭐!!!"

"아니, 그게 말야 아~ 나 진짜…."_긁적긁적_

"……?"

"아이쌰! 내 엉덩이 여기 꼈다고!!! 좀 빼 줘. ㅜ_ㅜ 진짜 아프단 말야!!"

나비는 시우와 내가 답답했는지 거의 울부짖으며 말하였다. 미안해 나비야.

그렇게 결국 우리는 10분을 담과 나비와 실랑이를 하다 겨우 겨우 나비의 엉덩이가 빠져나왔다.

나비는 엄청 민망했는지 쏜살같이 그 자리를 떴다. 그리고 그 자리에 남아있는 나와 이시우.

"푸하하하하핫!! 으하하하하!!"

"크흐흐흐흐!!! 쿠헬헬헬헬~."

나비에겐 미안했지만 시우와 난 박장대소했다. 눈물까지 첨가해서 한마디로 오버였다. 그리고 처음부터 이 일이 일어나기까지를 말했더니(배고파서 담 넘은 것, 나비 엉덩이 낀 것.) 그 놈은 좀 떨은 표정과 알 수 없는 웃음을 지어가며 단 한마디하고 나를 남겨둔 채 안으로 들어갔다.

"너답다!"

그래!!

네 놈이 나와 사귄 것도 다~ 내가 특이해서 사귄 거니 이 정도쯤이야!!

■여섯 번째 이야기■

그 놈의 머리에 난 '웃긴 년'이라고 박혀버렸을 것이다. 100% 분명하다!!

237

나도 잠시동안 벙쪄 있다가 시우를 따라 들어갔다. 나비는 엎어진 채로 가만히 있다.

_톡톡_ 건드려도 대답이 없는 것이 꽤-충격이었나 보다.

그. 리. 고!! 난 오늘도 어김없이 그 놈과 같이 집에 간다.

-꼬르륵-♪ 꼬르륵-♪

그 놈과 내 배에서 동시에 배고픔을 알리는 신호가 울렸다. 우린 서로의 눈을 한번 쳐다보고는 근처 김밥 집으로 얄라 튀었다.(먹을 때만 텔레파시가 통하는 우리였다.)

우리가 도착한 김밥 집 문짝에는 참으로 좋은 말이 붙어있었다.

238

《같은 김밥 네 줄 먹을 시에 1000원 할인(참치, 김치, 치즈中)》

놈과 난 눈을 크게 뜨며 입가엔 가-득 미소를 띄우고 안으로 들어갔다. 원래부터 네 줄 시키려고 했었는데 잘됐네~.

"오예!!☆"

"오예!!☆"

기쁜 표현도 똑같이 하는 우리였다. 정수기와 가장 가까운 자리를 잡았다. 이런 곳은 물이 셀프니까 정수기 옆이 명당(明堂)이다!!

그리고 우리는….

"참치 넷!!"

"치즈 넷!!"

동시에 서로 다른 메뉴를 외쳤다. 참고로 나 참치김밥 못 먹는다!! 절대 못 먹는다!!

잠깐! 거슬러 올라가 보자 그때의 시절로.

난 어렸을 때 참치가 멸치만큼 조그만 줄 알았다고 한다.

그러던 어느 날!! TV에 출연(?)한 거-대한 참치를 보자 뒤로 자빠지며 경악했다고 한다.

내가 생각해봐도 정말 특이한 것 같다.

기억은 없지만 우리아빠가 그랬다.(믿기에도 좀 그렇다.)

아무튼! 난 그때부터 참치와는 빠이빠이였다고 한다.

"니 침치 못 믹어."

"난 치즈 싫어. 느끼하단 말야~"

"느끼한 건 참을 수 있잖아."

"못 먹는다고 안 먹지말고 한번쯤 먹어봐!"

우리는 서로 말도 안 되는 소리만 늘어놓고 있었다. 아줌마! 우리를 이상한 눈으로 쳐다보고 계신다. 하지만 아줌마가 쳐다보던, 말던 1000원에 목숨거는 우리였다.

"니가 좀 양보해~. 천 원이면 김밥이 한 줄이란 말야!"

"야, 야! 참치 먹는다고 죽냐?"

"그럼, 넌 치즈 먹는다고 죽어?"

"난 죽어. 됐지?"

"나도 죽어! 아~ 진짜 유치하다. 그냥 좀 양보해. 쫀쫀하게 진짜!"

"쫀. 쫀?"

그렇게 거의 10분을 넘게 유치찬란한 실랑이를 하다 결. 국!!
참치2줄, 치즈2줄을 시켜 아~ 주 맛나게 먹었다.

흐엉!! 1,000원이 날아가는구나! 엉엉.

난 끝까지 1,000원에 미련을 남기면서 김밥 집을 나왔다.

미련은 남았지만 배때기는 든든했다! 브이-V

그리고 난 그 놈과 헤어지고 부랴부랴_아르바이트 장소로 향
했다.

ㅋㅎㅎㅎ-☆ 오늘은 월급 받는 날!

푸헤헤~ 월급 받아서 뽀사지게 놀아야지~.

+다음 날.

6시에 눈을 번쩍_뜬 나는 20분만에 준비하고 학교로 향했다.
학교 가는 길에 어제 온 김밥 집 앞을 지나가게 되었다.

여전히 침 흘리게 하는 문구!! 네 줄 1,000원 할인.

난 눈을 번쩍_이며 침을 줄줄 흘리며~ 김밥 집 안으로 들어갔
다.

"아짐마, 참치 네 줄이요~."

시우 놈에게 참치 다 줄 거다! 이 놈! 못 먹기만 해봐라!! 그럼
나비 줘야지. -_-

"안녕히 계세요."

즐겁게 참치김밥 네 줄이 든 검은 봉다리(?)를 흔들며 학교에

도착했다. 시우 놈은 아직 안 왔다.

　참고로 이 녀석 매일같이 3교시 후에 온다. 첫 날만 일찍 도착한 거였다. 젠장!!

"나비!!♡"

"……."

"나～ 비야～.♡"

"……."

나비는 아무대답도 없이 가만히 앉아있다.

"야, 이나비!!"

"왜."

"너 어제 일로 아직까지 민망해 하고있는 거야?

"……."

"너 내 앞에서까지 그럴 필요는 없잖아～. 안 그래?"

"……."

"야, 이나비!!"

"말시키지마. 배고파 죽겠단 말야!!"

하… 이런～ 그래. 나비는 원래 이런 년이었어.

"배고파?"

"응! 어제 점심부터 아무것도 못 먹었단 말야!!"

"그럼 내가 김밥 줄까?"

"김밥?"

"응, 참치김밥 사왔어～. 먹을래?"

"당빠지!"

난 시우 주기 위해 사온 김밥 중 2줄을 서슴없이 나비에게 주었다. 어차피 시우가 돼지가 아닌 이상 4줄을 먹기엔 벅차니까!

쨱깍쨱깍☆_똑딱똑딱_☆

어느덧 3교시가 끝났다. 슬슬 시우가 올 시간이다.

쾅!! ★★★★ 소리와 함께 누가 심하게 문을 열어 제끼며 들어왔다. 시우였다. 굳은 표정.

여자 애들은 멀뚱멀뚱_지켜만 봤고, 남자애들은 시우 주위로 몰렸다.

"뭐야? 이시우! 무슨 일 있었냐?"

"그래."

"담임한테 깨졌냐?"

"아니, 학년주임한테…."

"왜?"

"양아치새끼 잡아오라네?"

"걔가 어디 있는 줄 알고!"

"몰라. 이 놈을 어디서 잡아와야 할지…."

남자애들과 시우의 대화는 대충 이러했다. 근데… 나만 느끼는 건가? 말의 속도 굉장히 느렸다.

"나비야! 방금 시우 말투하고 속도 같은 거 좀 이상하지 않았어?"

"뭐가?"

"좀 느렸잖아~."

"아~ 시우 원래 그래. 화가 날수록 말이 느려져."

"그려? 나만 느끼는 게 아니었구나."

"쿡쿡! 시우가 갑자기 말 속도 느려지면 알아서 조심하셔!"

"알았다~. 근데 넌! 남의 남자친구에 대해 너무 많이 안다?"

"알잖아! 나 예전에 시우 좋아했었던 거. 히히히!"

깜박 잊고있었다.

아무튼 이시우는 그렇게 한동안 애들에게 둘러싸여 있다가 점심시간에 친친히 내 자리로 왔다.

■일곱 번째 이야기■

"표정이 안 좋아 보인다?"

"그래?"

"응! 무슨 일 있는 거야?"

"아니, 아무 일 없어."

눈웃음을 치며 생긋 웃는 시우. 하지만 억지웃음 같았다.

"아, 시우야! 내가 너 주려고 뭐 좀 사왔다~."

"어? 네가 웬일이냐~."

"히히!"

"근데 뭐 사왔는데?"

"김. 밥!"

"김밥?"

"응, 우리가 어제 먹었던 김밥. 네 줄 사왔는데 두 줄은 나비가 먹었어."

잠자고 있는 나비를 보며 말했다. 나비는 분명 잠자는 척을 하고있는 것 일거다. 시우가 앞에 있으니까 민망해서….

"하하. 배고팠는데 마침 잘됐다!"

"그려? 잘됐네~. 마이무라!"

기뻐하는 놈을 보니 좀더 좋은걸 사다줄걸 하는 후회가 된다.

김밥! 왠지 이름부터가 분위기 없는 김밥! 소풍 나온 아줌마, 아저씨 같은 분위기였다.

따르릉 +★ 시우 전화벨이 울렸다.

『이시우입니다. 어, 그래. 뭐? 어디? 알았어! 지금 바로 갈게!! 그 씹새끼!! 어디 못 가게 잡아 놔! 아니, 그 새끼에게 전해. 아-주 죽여버린다고!』

전화를 끊은 후 시우의 표정이 좋지 않다. 하지만 화가 많이 난 건 아닌 듯. 시우의 말은 굉장히 빨랐다.

무슨 일이지? 왠지 건드리면 한 대 맞을 분위기다.-_-

"왜 그래? 시우야?"

"나갈래?"

"어디?"

"밖에."

"지금?"

"응."

"지금 나가다 걸리면 죽을텐데."

"너 담 잘 넘잖아!! 그리고 안 걸려~."

"으, 응."

시우와 나는 멋지게 담을 훌쩍 뛰어넘어 여의도공원으로 갔
다. 바람이 엄청 분다. 크흑! 추워죽겠다.

"야, 추워죽겠다! 여긴 왜 온 거야?"

"그냥 할말도 있고, 갈 곳도 있고 그래서."

"할말? 뭔데? 꼭! 여기까지 와서 말해야 되는 거야?"

"아니 별로."

"그럼 여긴 왜 온 건데!"

"그냥."

"뭐야!!"

황당 이빠이시네!

이런~ 바람이 더 쌩쌩 불어댄다. 설마 가을에 얼어죽는 사람
은 없겠지?

"수연아."

"응?"

"저번에 니가 나보고 왜 너 좋아하는지 알려달라고 했지?"

"……."

"알려줄까?"

"저번에 말했잖아. 특이해서 좋아한다며!"

"하하! 말했었군. 그럼 특이하지!"

젠장. 젠장!!

"근데 너 정말 나 기억 안 나냐?"

"응."

"우리 꽤 친했었는데 말야. 사진도 찍었었고…."

"으으-미안. 정말 기억이 없어."

난 웬만해선 키가 175cm이상인 남자들은 다 기억하는데 저 녀석 키가 작았었나?

"너 중학교 때 키가 몇이었어?"

"177."

"헉, 그래? 그럼 기억 못 할 리가 없는데…."

"응?"

"아니야, 아니야! 그래서 나라는 이유는?"

"이유는 뭐… 그냥 듣고 봤던 것보다 더 했으니까?"

"에? 뭘 듣고 봐?"

"그냥 뭐, 명동한복판에서 당당하게 이상한 춤추고, 뜨는 연예인마다 다 쫓아다녀서 사인만 수십 개 아니 수백 개였나? 뭐, 이런 거나 세 가지 노래를 이어서 부르고, 그리고…."

"야야! 됐어됐어!"

지금 그 말은 내가 하고 다닌 걸 다 봤다는 거야?

보고 들었다니까 저 놈의 배후에는 누군가 한 명이 있을 거야.

서혜진!!

246

하지만 잠깐. 난 여기서 자랑 좀 하고 넘어갈 것이 있다. 시우 놈이 말한 세 가지 노래 이어 부르기!! 크크~.

볼트론, 은하철도999, 슈퍼 그랑죠!! 말만 들어도 짱. 짱. 한 노래를 난 아주 자연스럽게 이어 부를 수 있단 말이지! 아하하!

아~ 쪽팔린다. 괜히 말했나보다.

"들은 건 서혜진이 얘기해 준거지?"

"어떻게 알았어?"

"당연한 거 아냐!!"

이것이 왜 내 얘기까지 퍼뜨리고 다니는 거야. 망신살 뻗쳤네. 젠장!! 이년을 그냥!!

"처음에 너 중학교3학년 때 봤었어."

"진짜? 중3때라면 내가 뭘 했더라?"

"크큭! 그 전에는 서혜진한테 쭉-듣기만 했었는데 보니까 역시나 이었더라고."

"역… 시라니?"

"재밌고 특이했었지. 하하!"

네 놈 생각이 언제나 그렇지 뭐….

그래 난 특이하고 재밌고 이상한(이 얘기는 안 했다.)애다. 젠장!

"그리고 한동안 못 보다가 지하철에서 우연찮게 만나고 그냥 머리에서 '한번 사귀어봐. 재미있을 거야.' 이런 생각이 맴돌더라."

"……"

247

"그리고 너한테 '난 어때' 라는 소릴 들었을 때 약간 황당하긴 했지만 솔직히 너무 기뻤다."

"......"

"그리고 지금에서야 너한테 느낌 감정이 생겼어."

"… 뭐?"

한참을 가만히 있는 시우. 그리고 환한 미소를 지으면서 말했다.

"헤어지기 싫다고 너처럼 재미있는 애와 헤어지면 정말 손해일 것 같아! 큭큭."

"어이~ 시우군! 나 지금 기분 좋아졌다가 다시 확─상해 버렸거덩?"

"하하! 근데 할 말이 또 있는데 들어줄 거지?"

"어째 이상한 말일 것 같은데… 좀 불안하다?"

"야! 근데 너도 나하고 헤어지기 싫잖아~. 안 그래?"

"우히히! 아닌걸~."

"하하! 그래. 근데 너! 다른 건 몰라도 나하고 이것만은 약속하자."

"… 뭐?"

새끼손가락을 내미는 시우. 걸어야 되는 건가?

"나 때문에 너 힘들거나, 나 때문에 네가 운다 거나, 나 때문에… 니가 나로 인해서 아파한다면 그때 우리 헤어지자. 절대 그 전에는 말고…. 꼭 그때…."

살짝 눈웃음을 치며 웃는 시우. 내 남자친구지만 진짜 멋있다니까!!!

"뭐야~ 난 괜찮은데? 너로 인해서 별로 힘들 것 같지도 않고, 뭐 만약 너로 인해 아파해도 괜찮을 것 같은데?"

진심으로 이 놈 만한 남자친구는 없을 것 같다.

살다-살다 나와 이렇게 잘 맞는 남잔 처음이다.(둘 다 싸이코고.) 그리고 저 눈웃음이 다른 여자 것이 된다면 카오오- 상상만 해도 가슴이 쓰리다.

"푸하핫! 그래. 역시 신수연이다. 그래도 만약 그렇게 된다면 정말 만약 아주 만약에."

"그래. 알았어~. 그땐 헤어져 주마. 으하하!"

너무도 진지해진 그 넘을 보며 달리 할 말이 없었다. 장난으로라도 어떻게든 넘어가는 수밖에는.

"이건 우리 둘만의 약속이야!!"

"응!! 그래 약-속!!"

우리는 어린아이처럼 새끼손가락을 걸며 마냥 좋아했다.

그리고 갑자기 나를 덥------썩!! 안아버렸다.

"시, 시우야…."

"……."

"저, 저기. 이… 시우?"

"……."

아무런 말없이 날 안고있는 시우.

약속이란 말도 그렇고, 조금 달라진 것 도 이상하고 너 무슨
일 있는 거니?

한참을 그렇게 있었다. 그리고 다시 날 안고있던 팔을 풀더니
하는 말이라곤.

"아~ 따-뜻하다~. 역시 꼬마 체온은 높다니까~. 하하!"

빠지직!!☆★ 저 잡것!! 그럼 그렇지. 어째 분위기가 좀 좋다했
어! 써글-놈!

"이제 그만 가자."

"그래!!"

"왜 그래? 갑자기 소린 지르고… 무슨 일 있어?"

"없어."

"있네! 무슨 일인데?"

"됐네요~. 근데 또 어디 갈 거야?"

"응."

"어디?"

"양아치새끼 만나러!"

■일곱 번째 이야기■

양아치는 또 누구야?

"지금? 우리 이제 학교 들어가야 되지 않나?"

"상관없어."

"근데 난 상관이 있을 것 같은데 말야….."

"그래서 혼자 가겠다고?"

"아, 아니!! 얘는~."

다시 보니 이 놈은 넉살좋은 여우가 아니라 협박 좋아하는 여우였다. 결국 난 이시우를 따라 양아치라 불리는 놈을 만나러 향했다.

차를 타고, 걷고, 뛰고, 기어서-_-겨우겨우 도착했다.

『XX검도』

이게 뭐여?

시우는 입가에 정체 모를 의미심장한 미소를 띄우며 안으로 들어갔다.

나도 바로 쪼르륵_따라갔다. 꼬봉됐다.

안으로 들어가자.

도복을 입은 남정네들이 하나같이 다 "머리"를 외치고 있었다.

소름끼쳤다!! 저들이 들고있는 죽도로 죽.도.록 쳐 맞으면 얼마나 아플까!!

"김재환!!"

갑자기 시우놈이 소릴 질렀다. 깜짝 놀랐다.

"어? 이게 누구야~ 이시우 아냐?"

"그렇다."

"여기까지 어인 행차시냐? 바쁜 놈이."

"……."

"나 보고 싶어서 왔냐?"

"그래. 존나게 보고싶어 행차하셨다. 그러니까 한 대만 살-짝 맞아라!"

"또 깨졌냐?"

엥?

"학교도 쳐 안나오고 여기서 뭔 짓거리냐! '머리' 이딴거나 외치지 말고, 학교 나와서 머릿속에 하나라도 집어넣어라. 나. 처. 럼!!"

"하하! 그래. 알았다! 어? 근데 옆엔 누구야?"

"내 반쪽!"

-_-반쪽이 뭐냐!

"반쪽? 으하하. 그래!! 아! 전 검사나이 김재환이라고 합니다."

검. 사. 나. 이!! 참 멋진 아이로구나! 남자다운 것이 정녕 네놈이 나의 이상형이렸다!!

"네~ 전 신수연 이라고 해요~. 쑥-쓰."

"신. 수. 연? 혹시… 야, 이시우!!"

또 한번 깜짝_놀랬다. 갑자기 소릴 지르면 어떡하니!! 하지만 우렁찬 것이 넌 목소리마저 멋지구나~. 카오옷!!

"이 자식! 결국 찾은 거냐?"

"기본이지."

저건 또 뭔 소리여.

"야~ 니가 신수연이었구나!!"

"......?"

"어떻게 생겼는지 궁금했는데…. 아! 말 놔도 되지?"

"그, 그래."

"네 얘기 듣고 얼마나 웃었는지 근데 정상적으로 생겼네?"

정. 상?

"그럼 사람이니까 정상이지."

"난 또 밀만 듣고는 성상이 아닌 줄 알았거든."

"말. 만. 듣. 고?"

"하하! 네 얘기 시우하고 서혜진한테 많이 들었어!"

"서. 혜. 진?"

빠-----직!!★★★

서혜진 네 이년을 그냥!!!

어째 너는 내 얘기를 네가 좋아하는 놈의 친구한테까지 말하는 건데!! 내가 그렇게도 만만하더냐!!

"야~ 시우 놈 소원 성취했네? 날마다 신수연 타령했는데."

"하하. 그래?"

"야~ 진짜 다행이다. 정상적으로 안 생겼으면 시우 놈하고 완전히 쌩 깔려고 했는데."

"그거 기분 좋으라고 하는 소리 맞지?"

"당연하지."

그 말에 난 한술 더 떴다. 원래 사람은 이런 법이다.(나만 그렇
다.)

"실제로 보니까 어때?"

"응? 생각했던 것보다 정상적으로 생겼다니까~."

"예쁘진 않고?"

"어? 어… 하, 하하!"

긁적긁적

검사나이는 머리를 심하게 긁어대며 결국 나를 외면해버렸다.

제기랄~.

"아!! 어제 성은교 나 찾아왔었다."

"성은교?"

"응."

"갑자기 왜?"

"한동안 여기서 지낼 거라면서 자주 만나자고 하던데?"

"걜 왜 만나."

"그러니까."

"……."

성은교?

"아무래도 또 뭔 짓 할 것 같다. 어떤 씹창같은 새끼가 뒤에서
졸라 야리더라고."

"그래?"

"조심해라. 너보다 네 반쪽! 크크-"

"하하. 당연한 거 아니냐?"

"그년 미친 싸이코인거 알지? 또! 무슨 짓 할지 몰라."

"뭔 일이야 있겠어?"

옆에서 검사나이와 이시우는 성은교라는 사람에 대해 토론을 하고있었고, 무슨 소린지 모르는 난 옆에서 왕따처럼 벽만 긁으며 "머리"를 외치는 검도人들을 바라보고 있었다. 닭살 돋았다. -_-

■아홉 번째 이야기■

세 시간정도 그 곳에서 있다가 집으로 갔다. 물론 내일 학교 가서 맞을걸 각오하며 난 집으로 바로 가자마자 혜진이 눈에게 바로 전화를 했다.

=여보세요~.

-나다.

=그래! 왜 또! 시우 얘기 늘어놓으려고 전화했냐?

혜진이 나하고 시우 사이 안다. 열 받으라고 사귀자마자 얘기했다. 푸헬헬~

-응! 시우 얘긴 시우 얘기다.

=또 뭐!!

-아니~ 이시우. 예전부터 나 알았었냐?

=왜?

-그냥

=알아! 중학교 때 봤잖아. 기억 안나?

-응

=아무튼!! 붕어대가리!!!

-아. 그리고 너 김재환 알지?

=기, 김재환?

이거 당황하는 것 봐라!! 넌 죽었어!!

-너 누가 김재환한테 내 얘기하래!

=누, 누가 무슨 얘길 했다는 거야~.

-이시우 만으로도 충분히 만족한다. 진짜 오버 아니냐?

=돼, 됐어! 야, 끊어! 시우 얘기 듣고싶지 않아.

뚜뚜········ 뚜

매우 빠르게 끊어버렸다. 크크크-네가 당황하는 게 눈에 훤~

히 보이는구나. 두고보자, 서혜진!!

+다음 날. 아침자율 학습시간.

"신수연~ 담임이 교무실로 오래!!"

반장이 큰소리로 나를 부른다. 드디어 올 것이 왔구나!

매일같이 자는 시우 놈과 나의 존재를 잊어줘도 되는데 말야.

하아~ 난 바로 스피디하게 교무실로 뛰어갔다.

"헉, 헉… 선생님!"

"신수연! 뛰어온 척하기는~ 그런 설정 필요 없다."

"아, 아니에요! 진짜 뛰어왔어요."

"크핫핫!! 그러냐? 근데 어제 오후에는 어디 갔었던 거니?"

"오, 오후요?"

"그래! 체육선생님이 시우 놈하고 너 없다고 그러시던데?"

"그게…."

"사실대로 말하면 용서해준다~!"

기회다!

"재환이라는 애 만나러 갔었어요!"

"재환이?"

"네!! 걔가 검도장에 있어서 시우하고 같이 만나러 갔었는
데…."

"재환이라~ 그 녀석 오늘 학교 나왔니?"

"아뇨. 안보이던데."

"시우 녀석은?"

"걔는 늘 기본이 3교시잖아요~."

"아하하! 그렇지. 그 녀석!"

경석씨♡는 화통 하게 한번 웃으시곤 뭔가 고민하시는 듯 한
표정을 지으셨다. 최대한 경석씨 신경에 거슬리지 않는 말을 해
가며 용서를 구해야겠는데…. 그래. 옳지!! 나에게 가장 어울릴
만한 짓(?)이 떠올랐다.

"하앙~ 선생니~ 임!"

애교 짓이었다.

"왜… 왜 그러냐. 수연아?"

"한번만 봐주세요~.♡ 다신 무단 외출 안 할게요!"

"됐다. 이 녀석아!"

"진짜예요! 다신 안 그럴 게요~. 아이잉~.♡"

"크하핫. 느끼하다. 녀석아!"

"푸히힛!!"

맘 좋은 경석씨의 표정이 다시 환해졌다. 역시 나. 와. 가. 장.
잘. 어. 울. 리. 는 애교-_-작전이 먹혀 들어간 거였어!!

"시우 녀석도…."

"네?"

"시우도 길들이라고! 되도록 2교시에 오게 좀 하고."

"2교시에 오면 이시우가 아니죠!"

"크하핫!! 그렇군."

"그럼 저 가도 되요?"

"그래. 다음에 또 무단 외출하면 알지? 크하핫!!"

통쾌하게 웃는 선생님. 그런 선생님께 난 다시 한번 나의 마음
을 담아 사랑의 메시지를 보냈다.

"좀 있다 종례시간에 뵈욧~. 사랑해요. 경석씨♡ 삐용~★"

"뭐? 경석씨? 으하하핫!!"

다시 한번 웃는 선생님.

이런 말하면 안 되는걸 알지만 선생님은 허파에 바람든 사람

처럼 미친 듯이-_-웃으셨다.

　내 최초의 고백을 웃음으로 그냥 넘기시는 건가?

　아무튼! 나 역시 미친 듯이 웃어 제끼며 반으로 총총_올라왔
다.

　교실에 도착해 자리에 앉자마자 나비 논이 얼굴을 바짝-대고
물어본다.

　"뭐야? 담임이 뭐래?"

　"별말씀 없었는데?"

　"뭐야!! 시시하게~ 징밀 아무 말도 없었어?"

　"응. 아! 시우 2교시에 올 수 있게 좀 하라는 거."

　"그런 불가능한 말씀을?"

　"응. 푸히힛! 절대 불가능한 얘기."

　나비와 함께 시우를 잘근잘근_씹어댔다. 그리고 역시 이시우
군! 3교시가 끝난 지금에도 나타나지 않고 있다. 징하다!!

　오늘은 점심시간이 되어서야 슬슬 올려나~?

　"아! 나비야. 너 혹시 김재환이라는 애 알아?"

　"당연하지. 우리 반인데…."

　"진짜? 걔 우리 반이었어?"

　"몰랐냐?"

　"으, 응."

　"뭐~ 학교 초에 잠깐 나오다가 안 나왔으니까 조금 이해는 하
겠는데…."

"하하!"

"그래도 좀 심하다! 시우 불X친구인데."

나도 그렇게 생각한다.

정말 난 그 놈이 우리 반이란 것도 몰랐다. 왜 난 처음 본 것일까? 혹시 그 녀석 나 자고있을 때 들어와서 나 깨어날 쯤 다시 나가는 건가?

"근데 갑자기 그건 왜?"

"아~ 어제 시우하고 걔 만났었거덩."

"진짜? 어디서?"

"검도장에서. 하핫!!"

"그래? 하긴~ 재환이 중학교 때 검도 부였으니까."

검도 부라. 참~ 어울리는 것 같기도 하고, 영~ 아닌 것 같기도 하는구나!

"아! 그럼 너 성은교라고 알아?"

"성은교? 미친년 말하는 거야?"

"-_-글쎄 미친년인지는 모르겠고, 어제 시우하고 재환이가 성은교라는 애에 대해서 얘기하더라."

"왜?"

"재환이한테 찾아 왔대나? 나도 잘은 모르겠어. 성은교 알아?"

"뭐---어!!"

헉! 얘길 잘 못 꺼냈나? 나비 논 흥분했는지 코 평수가 넓어지며 코 바람을 거세게 날렸다.

날아갈 것 같다.-_-

"김재환 앞에 나타났다고? 그년! 그 미친년이 말야?"

"미친년인지는 모르겠다니까."

"아악!! 그년 나타나면 너까지 재수 없을 수도 있다고!!!"

소리치는 나비. 두렵다.

"그년 시우 없으면 주고 못사는 년이야! 그. 년. 덕에 피해본 애들이 얼마나 많은데!!"

"……."

"성은교! 분명 네 앞에 나타난다고! 네가 시우하고 사귀는 줄 알면 분명 네 앞에 나타나서 지랄 할거야!!"

그러면 안 되는데.

"성은교 꽤 오래 전부터 시우 좋아했었어. 그리고 시우에게 접근하는 애마다 개 패듯이 패고 지랄 떨어서 사람 아주 병신으로 잘 만들어 놨었지."

"응…."

"이시우가 자기 한번 봐주지 않으니까 그 지랄 떠는 거야. 그렇게 좋아하는데도 한번 사귀지를 못했으니까."

"……."

"그년 작년에 S중에 어떤 년 하나 병신 만들어놔서 퇴학당할 거 간신히 전학 갔는데… 뭐? 그 미친년이 다시 돌아왔다고!!"

나비는 성은교란 아이를 차--암 싫어하는 듯했다.

261

나비 코 평수가 점점 커지고 있다. 바람도 점점 거세 진다. 그리고, 점심시간이 끝나자 예상대로 시우가 등장했다.

축-늘어진 채로….

■열 번째 이야기■

시우가 나타나자마자 나비가 시우에게로 달려간다.

"이시우! 성은교 목동 왔다는 거 진짜야?"

"누… 구?"

정말 폐인 같았다. 눈도 퀭-한 것이 참 안쓰러워 보였다.

"성.은.교 말야!! 미친년 왔다며!!!"

"그래 성은교. 방금 봤다. 근데 나비야 나 지금 무지 피곤하거든? 여기서 그만…."

시우는 자기 자리에 엎어졌다. 성은교? 그 아이를 만났구나.

+방과후.

오늘도 시우와 나는 집에 같이 가고있다. 피곤한 모습으로 아무 말 없이 걷는 시우.

"이시우~!!"

누군가 시우 이름을 부르는 소리가 들려왔다.

여자 목소리. 난 바로 소리가나는 쪽을 바라봤다. 어떤 여자아이가 우리에게로 빠르게 달려오고 있었다. 축지법-_-을 쓰는 듯.

"시우야~!! 지금 집에 가는 거야?"

우리 앞으로와 생글생글_웃으며 얘기하는 아이.

예쁜 아이였다. 하지만 시우는 그 아이를 살짝 흘려보더니 아무 말 없이 앞으로 걸어갔다.

"신⋯ 수연?"

그 아이가 내 이름을 불렀다. 예쁜 아이가 불러주니까 왠지 기분이 좋다.

"어⋯."

"하~ 너였어? 반가워!"

"그, 그래."

난 바보같이 멍하니 바라만 봤다. 생글생글 웃는 아이. 웃는 모습도 예쁘구나!! 엉엉.

"신수연! 거기서 뭐해, 빨리 와."

앞서가던 시우가 부른다. 난 예쁜 아이한테 간단하게 인사를 한 후 시우에게로 달려갔다.

"이시우!! 또 만나! 알았지?"

"⋯⋯."

"안 오면은 내가 또 먼저 찾아올 거야! 알았지?"

끝까지 생글생글_웃으며 얘기하는 아이.

하지만 시우는 그 아이를 무시한 채 내 손목을 잡고 빨리 걸어갔다.

　조금의 시간이 더 흘렀다. 벌써 시우와 사귄 지 99일째로 접어들고 있었다.
　재환이도 다시 학교로 돌아왔고, 3개월 동안 아무 문제도 없었다.
　나비의 충고도 별 필요 없이 성은교라는 아이는 한번도 내 앞에 나타나지 않았다.
　우리의 100일은 토요일이다. 아하하!!
　재환이와 나비가 멋진 파뤼를 해준다며 잔-뜩 기대하란다. 하지만 자기네들한테 잘 보여야지 해준 댄다.

264

　난 며칠 전부터 열심히 눈에 피로 쌓이는 행동하나 하지 않고, 그 두 놈에게 충성을 다하고 있다.
　한 마디로 +하녀+가 되어버렸다.
　"내가 왜!!"
　"호오~ 이시우! 그럼 파티~ 물 건너간다!"
　"물 건너가든 말든."
　나와는 다르게 시우 놈은 눈 하나 깜짝 안 한다. 파티 같은 건 안 해도 상관없다고 말하는 그 놈이 이었다.
　하지만!! 난 오늘 아침 재환이 놈 가방 들어주는걸 보고야 말았다.
　웬일로 일찍 오나했더니 저 짓이나 하고 말야~. 유치하게 가방이 뭐냐! 가방이!!

하지만! 그건 은근히 기대하고 있다는 증거였을 터!! 크크~

"신수연!! 내일 타이티로 7시까지 와~!!"

"얼~ 나비! 진짜 파뤼파뤼 해주는 거야?"

"당연하지~."

"우와~ 기대할게."

"응, 팔 주무르셔."

"······."

난 다시 열심히 봉사를 했다. 속으로 빠드득_빠드득_이를 갈
며 이 썩을 연놈들 두고보자고!!!!

"야, 야. 힘 팍팍 못 주냐? 으잉?"

"으, 응! 알았어. 팍. 팍!!!"

두고 보자고…!!!

+오늘은 토요일~★

세털-_-데이 이기도 하면서 시우와의 100일 이기도 하다.

오호호!! 다른 건 젖히고 난 지금 파뤼가 몹시 궁금하닷!!

오늘 하루만은 수업을 열심히 듣고 집으로 향했다. 몇 시간동
안 나. 름. 대. 로 화사하게 꽃단장을 하고 약속시간 2시간 전에
집밖으로 나와 맡겨놓은 커플시계를 찾으러 출발했다.

30만 원 훨~ 넘게 들여서 산 비싼 커플 시계다!!

덕분에 내 아르바이트 비. 다-날렸다.ㅜ.ㅜ

시계를 찾아 내 시계를 왼쪽 손에 걸쳐 보고있는데 나비한테
문자가 왔다.

ㅋㅑ아~ 비싼 시계라 그런지 진짜 예쁘긴 하네~.

=+너 지금 어디야?

-+나 지금 시계 찾고 가는 길.

=+벌써부터 오려고? 아직 1시간도 넘게 남았다 천천히 놀다
와~.

-+나 갈 곳 없단 말야

=+안 돼!! 너 여기오면 죽을 줄 알아!

하아~ 이것이 갈 곳 없는 날 버리는 건가? 시우에게 전화나
해야겠다.

뚜르르 뚜르르 ☎

=이시우 입니다.

-수연이!! 어디야?

=집

-나 심심해!!

=난 빨래하느라 바쁘다.

지금에서야 말하지만 시우는 15살 때부터 혼자 산다고 한다.
10살 때 부모님이 돌아가셔서 15살 전까지 재환이네서 살다가
사정이 있어서 따로 나와서 산다고 한다.

-언제 올 거야?

=시간 맞춰서

-그려? 알았어. 딱! 시간 맞춰 오시게~!!

=엉! 시우 날라 간다.

-오바는 NO다!!

전화를 끊고, 어쩔 수 없이 한참을 이곳저곳을 왔다리 갔다
리-_-하고 있었다.

톡톡_☆★뒤에서 누가 날 쳤다.

"어이~ 마누라!! 여기서 만나네~."

"… 너!"

나를 툭툭 친 놈은 중학교 때 알던 '변태석' 이라는 놈이었다.
이름만큼이나 매우 변태적인 놈이었다.

정말 너무너무 싫은 놈이다.

"이야~ 우리 마누라! 오랜만에 보니까 색다르네~?크크-"

"……."

"어이구~ 오늘 신경 좀 쓰셨나봐? 무슨 좋은 일 이라도 있나
보네~."

"어! 존나 좋은 일!! 그럼 만나서 반가웠어. 변.태.석!!"

"어어~? 이거 왜 이러시나~. 오랜만에 봤는데 그 동안 어떻
게 지냈는지 저쪽 가서 얘기나 좀 하자고~."

"미안하지만 내가 지금 바빠서 말야. 너하고 한가하게 노닥거
릴 시간이 없거든?"

"그래도 오랜만에 이렇게 만났는데 말야 웅? 크크큭!"

예나 지금이나 정말 끈질겼다. 내 손목을 꽈—악 잡고 놓아주
질 않는다.

웃는 얼굴에 침 못 뱉는다는 말! 지금 나한테는 안 통한다. 정
말 샛노란 가래침을 뱉어주고 싶은 심정이다.

"후훗! 태석아~ 걔 니 여자친구야?"

"아니, 마누라."

"존나 좆구리게 생겼네. ^ ^근데 그년 양다리 걸치는 미친년
아니었나?"

변태석 뒤에서 생글생글_웃으며 나오는 여자아이.

긴 머리에 예쁘게 생긴 아이. 저번에 봤던 그 예쁜 여자아이였
다. 말투는 싹 바가지 없었지만….

"너!"

"기억하나보네?"

"그래. 근데 모르는 사람에게 무슨 소리지? 양다리라니?"

"후훗! 이.시.우! 오늘 100일된 네 남자친구! 근데 100일에 두
남자 옆에 끼고 계시네~."

어이없어서 말도 안나온다.

"난 성은교! 시우 돌려 받으러 왔어."

"… 뭐?"

애가 성은교였던 거야?

그 성은교? 하아~ 재수 없게도 얼굴에서 엄~~청 딸리는구
나!

"7시 타이티! 후훗-어떡하니? 지금20분이나 지나버렸는데."

"뭐? 야, 이거 놔!! 나 빨리 가야된단 말야!!"

"저쪽 가서 얘기 좀 하자니까~! 그치? 성은교?"

"큭큭! 그래."

하아~ 바로 저 골목만 꺾으면 시우와 애들이 있는데… 100일 축하해준다고 기다리고 있을 텐데… 변태석에서 꽉 잡혀서 한 발짝도 못 나가고 있다.

20분이나 늦었으니 애들 진짜 화내겠지.

■열한 번째 이야기■

"이거 놔, 변태석."

"이시우에게 가려고? 그럼 당연히 안 되지~."

"아아악!! 씨발. 놓으라고!! 변태석! 야! 이 새끼야 놔!! 안 놔? 놓으라고!! 씨발!!"

미친 듯이 욕을 퍼부었다.

쫘-------악!! ☆★☆

왼손으론 내 손목을 잡고, 오른손으론 내 뺨을 내리치는 변태석.

갑작스레 벌어진 일이라서 그런지 눈에서 눈물이 뺨을 타고 흘렀다.

"빡 돌게 하지마. 신수연! 졸라 쳐 맞기 싫으면."

"아니! 차리리 나 존나게 때리고 이거 놔! 나 가야되니까 당장 이거 놓으라고!!!"

"아하하! 야~ 성은교! 이런 말하는데 어떡할까? 놔줄까?"

"야야!! 시우한테 가려는 거야? 왜~ 내가 가준다니까. 후훗!"

그동안 아무런 일도 없었던 게 다 이거 때문이었나?

오늘 한꺼번에 터지려고 아무 일도 없었던 거였나?

너무 늦었다. 손목에 찬 시계를 보니 벌써 40분을 넘어서고 있다.

따르릉 +☆전화벨이 울렸다. 주머니에 있는 핸드폰을 꺼내어 플립을 열었다.

하지만 받지도 못한 채 내 핸드폰은 변태석 손에 의해 던져져 버렸다.

"하, 진짜 왜 이러냐고!! 대체!!"

"몰라서 그래?"

"그래 몰라!! 그러니까 왜 이러는 건데? 대체 뭐를 원하는 건데!"

"너! 난 너 존나게 원해."

"씨발. 지랄하지말고 이거 놔!!"

쫘---악## 다시 한번 변태석의 손이 내 뺨을 내리쳤다.

다시 눈물이 흐른다. 내가 왜 맞아야하는 건지도 모르겠다.

왜 하필 오늘.

"닥치라고 했지, 신수연!! 아~ 그냥 넘어가려 했는데 도저히 안되겠네. 큭큭!"

갑자기 내 손목을 잡아끌며 어디론가 향하려는 변태석. 그리고 성은교는 생글생글 웃으며 반대편 그 장소로 향하고 있었다.

시우가 있는 곳.

"놔! 놓으라고! 아악!! 놓으라고…. 제발 놓으라고."

"큭큭! 싫은데?"

"하아, 성은교! 가지마. 멈춰. 제발…."

"… 뭐?"

"시우에게 가지 말라고. 제발 부탁이니까."

"태석아, 쟤 너무 시끄러운데?"

다시 시우가 있는 곳을 향해 걸어가는 성은교.

"가지 말라고!! 성은교! 니가 그렇게 가봤자 시우 너 안쳐다봐!! 시우가 너 쳐다보기라도 할 것 같아?"

"뭐?"

성은교의 표정이 달라졌다. 하면 안 되는 말을 내뱉은 것 같다.

나도 성은교도, 다른 애들도 똑같이 이시우 좋아하는 건데 시우는 똑같이 우리를 좋아해 줄텐데 절대 나만 특별한 게 아닌데….

저벅저벅

성은교는 가던 길을 멈추고 다시 나를 향해 걸어온다.

☆☆퍽_!!!!#####

"꺄아아아악!!"

성은교의 손은 정확히 내 복부를 강타했고, 난 한쪽 손으로 배를 움켜쥐며 주저앉았다. 오른손은 여전히 변태석 손에 묶여있는 채로.

쉴새없이 이렇게 맞아 본적은 난생 처음이었다.

변태석에서 맞았을 때는 눈물이 계속 흘렀는데 이젠 눈물도 흐르지 않는다.

뺨과 온몸 전체를 그렇게 성은교에게 맞았지만 그렇게 아픈 느낌은 들지 않는다. 시계를 보며 계속 시간을 확인했고, 점점 시간은 흘러만 갔다.

입에선 피 맛이 났다.

두 뺨은 퉁퉁 부었고, 일어서기 힘들 정도로 다리의 힘이 풀린 상태였다. 하지만 내 한 팔은 여전히 변태석 손에 묶여있었다.

"이제 일어나 신수연. 지금 기분 졸라 엿 같지? 내가 기분 좋게 해줄게. 가자!! 큭큭!"

힘없이 주저앉은 채로 변태석을 바라보았다.

올려다보는 것마저 힘들 정도로 힘이 다 빠져버렸다. 말할 힘조차 없다.

변태석은 내 손을 잡아끌며 어디론가 향했다.

그때.

"씹새끼야!! 그 손 안 놔!!!"

맞은편.

놀란 토끼눈이 되어 날 바라보는 나비와, 표정하나 없이 바라보고 있는 이시우가 서있었다.

변태석은 계속 내 손목을 잡고 있다. 그리고 천천히 우리 쪽으로 다가오는 시우.

정확히는 내 손목을 잡고있는 변태석 쪽으로 다가오고 있었다.

"후…그 손 놔."

굉장한 저음으로 천천히 무겁게 말한다. 눈빛은 이미 차가워질 대로 차가워져 이젠 너무도 싸늘해진 눈빛이었다.

"지랄 깝치지 말고 꺼져! 큭큭! 가자고 신수연!"

내 손목을 잡아끄는 변태석.

옆에서 성은교는 생글생글_웃으면서 쳐다보기만 한다.

퍽!!###

"으윽…."

쾅!!! ★★★

순식간에 시우의 주먹이 변태석의 왼뺨을 강하게 스치고 지나갔다. 힘없이 바닥에 쓰러지는 변태석.

"놓으라고 했지."

차갑게 씨익_웃으며 변태석을 향해 내뱉는 시우.

그리고 쓰러진 채 겨우 신음소리만 내고있는 변태석에게 다가갔다.

"아, 아니야! 이시우!!"

옆에서 가만히 지켜보던 성은교가 소릴 질렀다. 이번엔 시우의 눈이 성은교에게 맞춰졌다. 웃고만 있던 성은교의 표정이 약간 변했다.

"또 너야?"

"이… 이시우!! 내말 좀 들어!! 신수연이 먼저….."

"네 말 따윈 필요 없어."

"내말 좀 들으라고!! 들어달라고!!"

"닥쳐."

이 말뿐.

다시 변태석 쪽으로 향한다.

성은교는 멍하니 쳐다만 볼뿐이었다.

"씹새끼야! 눈뜨고 일어나!"

"… 으윽."

"그 까짓게 뭐가 아프다고 그러시나? 신수연은 네 고통보다 더 했는데 말야."

지금까지 한번도 볼 수 없었던 표정. 다시 한번 변태석을 향해 차갑게 웃는다.

☆퍽_!! ★★★

"우욱 으…으."

신음소리 내는 것마저 힘겨운 듯.

한순간 시우가 다르게 느껴졌다. 늘 내 앞에서 생글생글_ 눈

웃음치던 시우가 아닌 것 같았다.

　그만해. 네가 아닌 것 같아. 난 괜찮으니까….

　"그만해, 시우야. 그러지마."

　"……."

　방금 전까지 굳게 닫혀있었던 내 입술이 열렸다.

　시우는 내 작은 목소리를 들었는지 고개를 돌려 나를 바라본다.

　"헤헤-. 시우야, 그만해…."

　변태석을 잡은 손이 풀렸다. 그리고 다시 고개를 놀린 후 저벅저벅_맞은편으로 걸어갔다.

　■열 두 번째 이야기■

　바로 시우를 쫓았다. 변태석은 겨우 신음소리만 내며 쓰러져있다.

　"시… 우야."

　"……."

　"저, 저기 시우야."

　"……."

　아무런 대답 없이 어디로 향하는 건지 계속 걷고있는 시우.

　"야, 이시우! 너 지금 말 씹는 거야?"

　"……."

그제야 가던 길을 멈추고 뒤를 돌아본다.

"…… 왜."

"할말이 있어서."

"뭐?"

"왜 그렇게 가버리는 거야!"

"…….'

"내가 그렇게 보기 싫어?"

"…… 아니."

차가워진 눈빛은 다시 예전으로 돌아왔다.

"그럼, 뭔데?"

"……."

"뭐냐고!"

"… 괜찮아?"

"뭐… 가?"

"아프잖아, 너. 나 때문에…."

부드러운 손으로 내 뺨을 어루만지며 말한다.

"안 아파…."

"안 아프기는… 입술에서 피난다."

"진짜야. 나 맷집 세잖아. 히히—"

"왜 맞고만 있었어. 바보같이….'

"누가 바보라는 거야!"

"정말 미안하다. 다시는 이런 일 없도록 할게."

"네가 잘못한 것도 아니잖아."

"미안, 수연아…."

연신 사과를 하는 시우.

목소리가 미세하게 떨리고 있다.

"난 괜찮다니까."

"미안, 미안. 수연아."

"괜찮아…."

"……."

내기 디 미안해지는 느낌. 긴 침묵이 흐른다.

"수연아…."

먼저 침묵을 깬 건 시우.

277

"……."

"이번 한번만."

"응?"

"이번을 마지막으로…."

"무슨 소릴 하는 거야?"

"잘할게…. 더 잘할게…."

"……."

"그러니까 잘 좀 봐줘."

옅은 미소와 함께 말하는 시우. 그리고, 창백해진 얼굴.

"시, 시우야!"

"… 응?"

"얼굴이 많이 창백해. 어디 아픈 거야?"
"아니, 가슴이 좀….."
"가슴?"
"응, 심장 있는 데가….."
"……."
"니가 다쳐서 내 마음이 아픈가보다. 하하."
가볍게 웃어넘기는 시우.
나 역시 별일 아니겠지 하는 마음에 웃어 넘겼다. 이때는 몰랐으니까….

+다음 날.

젠장하게도 빵빵하게 불어있는 내 볼 덕에 난 하루종일 아이들의 호기심 대상이 되어야만 했다. 별명도 생겼다. '둘리' 젠장. 젠장. 젠장.
안 그래도 아파 죽겠는데 이것저것 질문해오는지라 힘들어 죽는 줄 알았다.

+하교 길.

재환이, 시우와 함께 집으로 향하고 있다. 그리고 이것들은 내 고통을 아는지 모르는지 마냥 즐겁단다.

학교 근처 공터 앞을 지나고 있을 때.

"야, 야. 태환아! 이시우다!"

"어디? 어? 야, 이시우!!"

고막 터질 듯한 큰 소리로 시우를 부르는 소리. 그리고 어느새 우리 앞으로 달려왔다.

문일공고. 그것도 7명의 아이들이 몰려왔다. 무슨 7공주도 아니고….

"오랜만이다. 이시우?"

"그래."

"어? 김재환씨도 있었네?"

"그래, 좆공 새끼들이 여긴 웬일이냐?"

"이시우한테 볼일이 있어서!"

"나한테?"

"그래, 어제 우리 은교가 울면서 들어왔거든~."

은교라면… 성은교?

하~ 이시우하고 다니면 여기저기 저 이름이 빠질 날이 없구나.

"그래서."

"뭐가 그래서야, 씨발! 어제 얼굴이 퉁퉁 부어서 들어왔다고!!"

"어쩌라고."

"어쩌기는 이 씹새끼가!!"

펵!!★★★

"윽…."

갑자기 발로 시우 가슴팍을 걷어차는 남자.

"너 씨발! 니가 우리 은교 까댄 거 아니냐고!!"

"으, 으윽…."

"이시우!!"

"… 으윽…."

가슴을 꽉 잡으며 심한 고통을 토해내는 시우.

"야, 야! 이시우! 일어나."

"발 치워라, 윤. 태. 환!"

280

툭툭 시우를 차던 발을 다시 차버리는 재환이. 공고아이들 시선이 모두 재환이를 향했다.

"김. 재. 환!"

"니 말대로 성은교 깐 거 이시우 아니니까 꺼져."

"지랄하지말고. 어? 근데 쟤는 또 누구냐?"

갑자기 나를 가리키는 공고아이. 그리고 휙휙 나에게로 점점 다가온다.

"혹시, 니가 이시우 깔이냐?"

"……"

"묻잖아. 내가!!!"

"아, 네…."

"씨발! 그럼 똑같이 해주면 되겠네!"

☆쫘———악!!★★

비명 한번 지를 틈 없이 강하게 내 뺨을 내리쳤다.

"우리 은교 몇 번 내리치셨나? 이. 시. 우!"

"으윽…."

"말 할 때까지 이년 간다."

윤태환 이라는 녀석이 다시 나를 본다. 시우는 무언가 말을 하려는 듯 보이지만 가슴의 충격이 너무 큰 듯 거친 숨을 몰아 내쉰다.

"너에게 특별한 감정은 없시만 사촌이 맞고 들어왔는데 참는 건 그렇잖아~."

"……."

"이시우 입 열릴 때까지 미안하지만 좀 맞아라."

"씹새끼가 돌았나!!!"

281

퍽!!#

재환이의 주먹이 윤태환의 볼을 강하게 스쳐 지나갔다. 씨익 웃는 윤태환. 그리고, 윤태환의 주먹이 다시 내 뺨을 스치고 지나갔다.

"아악!"

입에선 다시 피 맛이 났다. 바닥으로 뱉어내고, 또 뱉어내도 계속 피 맛이 난다.

"김재환! 또 한번 쳐 봐!"

"……."

"다시 이년한테 배로 날아간다."

그리고…

"야, 태환아! 이시우 정신 잃었어!"

공고아이 중 한 명이 다급한 목소리로 외쳤다. 난, 서둘러 시우에게 향했다.

창백해진 얼굴로 아무런 표정 없이 누워있는 시우.

"시, 시우야!!!"

바로 달려가 시우를 흔들어 깨웠지만 미동조차 없는 시우.

어리둥절한 표정으로 시우를 바라보던 윤태환과 공고아이들은 바로 자리를 떠버렸다.

그리고, 나 역시… 정신을 잃었다.

■마지막 이야기■

+병원.

"신수연, 수연아!!!"

누가 날 흔들어대며 깨우는 바람에 눈이 번쩍 뜨였다. 내 눈앞에는 재환이가 나를 뚫어져라 쳐다보고 있었다.

"일어났어?"

"응, 여기가….""

"병원."

"아, 재환아! 시우는?"

"… 밖에."

"몸은 괜찮아? 아까 전에 어떻게 된 거야?"

"……."

"재환아…."

"… 시우 불러올게."

뭔가 숨기는 것이 있는 듯한 재환이. 재환이가 밖으로 나가고 시우가 들어온다.

창백한 얼굴… 그리고 가쁜 숨을 몰아쉬며.

"시… 우야…."

"괜찮아?"

"응, 난 괜찮아. 너는…?"

"괜… 찮아…."

불규칙하게 숨을 내쉬는 시우. 감추려는 듯 고통스러운 표정이 간간이 보인다.

"너, 정말 괜찮은 거야?"

"… 그래."

"아프면은… 어디 이상 있으면 말해."

"괜찮아. 난… 근데, 우리 약속하자마자 다시 또 이런 일이 생겨버렸네?"

"… 어?"

"다시는 이런 일 없게 하려했는데 바로 이렇게 되어버렸네?"

내 눈 한번 마주치지 못하는 시우. 안색이 너무 안 좋아 보인다. 무슨 일이 있는 것 같은데… 분명 무슨 일이 있는데 쉽게 얘기를 할 것 같지 않다.

"… 많이 아프지?"

내 볼을 가볍게 만지며 말한다. 미세하게 떨리고 있는 시우의 손.

"아니, 안 아파…. 괜찮아."

"……."

"정말 괜찮아."

힘들게 웃어 보였다. 사실 웃을 힘도 없다. 말도 겨우겨우 하는 거다.

조금만이라도 입을 움직이면 찢어지는 듯한 고통이 밀려온다.

시우의 손이 조심스럽게 스치는 것만으로도 너무 아프지만 난 힘들게 참아 보이며 웃었다.

"나 같은 놈 때문에 네가 늘 피해 입는구나."

"아, 아니야!"

"내가 바로 옆에 있었는데도 넌 그 새끼한테 이렇게 되도록…."

뒷말을 잇지 못하는 시우. 숨쉬기가 곤란한 건지 천천히 한번에 몰아 내쉰다.

"시우야… 너…."

"나, 할말이 굉장히 짧아. 그러니까 듣기만 해 수연아."

내 말을 가로막으며 힘겹게 숨을 내쉬어가며 시우가 꺼낸 말
은.

"헤어지자."

절대 듣고 싶지 않은 말.

"… 뭐?"

"우리, 여기서 이만 헤어지자. 수연아…."

"무슨 소리야. 그게…."

"연속으로 이런 일이 일어나 버렸잖아. 그리고…."

"… 그리고?"

"아니다."

"그리고 뭐…?"

"이건 말 못해."

시선을 피하는 시우.

285

"그럼, 뭐야! 갑자기…."

"갑자기가 아니야."

"… 뭐?"

"이거 우리 둘만의 약속이잖아."

"……."

"난 지금 피할 수밖에 없다."

"대체 무슨 소릴 하는 거야. 이시우!!!"

"지금은 아무 말도 못해. 나중에…."

가슴을 꽉 잡으며 숨이 가빠지며 힘들게 천천히 하나씩 말하

는 시우.

"하… 아…."

"시, 시우야!!!"

"미안, 미안. 수연아… 여기까지만….”

"이시우!!!"

"난, 우리가 운명이란 걸 믿어. 그러니까 쉽게 끊어지지 않아.”

"……."

"하… 아… 굉장히 늦었지만 말한다.”

"이… 시우….”

핏줄이 보일 정도로 창백해진 시우의 얼굴. 숨이 가쁜지 가슴을 더욱 꽉 잡아보는 시우.

힘들게 옅은 미소를 보이는 시우. 하지만 그 미소 뒤에는 고통을 숨기려는 듯한 표정이 함께 있었다.

난, 이때까지는 몰랐다.

시우가 말 못한 그것이 영원히 우리 둘을 갈라놓을 것이라고는 전혀 예상하지 못했다.

그때까지는….

"이시우, 꼭 다시 올게.”

"……."

"니 옆에… 그때도 니 옆에 아무도 없다면… 꼭 다시….”

힘들게 지어 보이는 옅은 미소와 함께 뒤를 돌아 밖으로 나가는 시우. 휘청휘청 금방이라도 쓰러질 것 같은 걸음으로 천천히 밖으로 나간다.

그렇게 우리는 헤어졌다.
난 아무것도 모른 채… 시우의 작은 배려로 헤어졌다.
현재로는 내가 힘들 것이라는 걸 알기에… 난 분명 슬퍼할 거라고… 너무 아파할 거라는 걸 알기에 뒤늦게 흘러내리는 눈물.
모든 것을 알게된 건 한참 후의 일이었다.

『나 때문에 니 힘들거나, 나 때문에 니가 운다거나, 나 때문에… 니가 나로 인해서 아파한다면 그때 우리 헤어지자. 절대 그 전에는 말고…. 꼭 그때…. 이건 무슨 일이 있어도 지켜야되는 우리 둘 만의 약속이야.』

시우야! 우리 정말 많은 일이 있었잖아. 3개월이라는 짧은 기간동안 정말 많은 일이 있었잖아.
난, 너에게 할말은 하나밖에 없어. 돌아와. 내 옆에 아무도 없으니까.
너, 꼭 다시 오기로 했잖아. 근데, 왜 이렇게 늦어.
1년이 지난 지금에도 안 오잖아. 빨리 와! 시우야. 보고싶어. 너무 보고싶어.

★35★

그렇게 헤어지고, 시우는 며칠간 학교에 나오지 않았다. 나중에 듣게된 것이지만 재환이와 시우는 자퇴를 했다. 그리고, 1년 정도 후에 내가 이곳으로 전학을 오게되었다.

앞의 천곱슬 놈!! 내 얼굴을 보며 _생글생글_ 웃고있다.

"뭘 그렇게 웃어? 내 얼굴에 뭐 묻었어?"

"아니~ 그냥. 귀. 여. 워. 서♡"

하~ 내가 지금 먹고있는 것이 치즈김밥인걸 알아줬음 한다. 저 놈의 느끼한 말을 들으니 다시 한번 속이 울렁거린다.

288

"그, 그래? 고마워. 하하하!"

하지만 치즈김밥을 사온 건 천곱슬 이었기에 맘에도 없는 소릴 내뱉었다. 성의가 있지!!!

"신수연!!"

갑자기 남자의 모습으로 돌아온 천곱슬. 느끼한 눈빛까지 합세해 나를 강하게 부른다. 난 약간 움찔했다.

"으, 응?"

"혹시 텐리 좋아해?"

"뭐? 커걱 컥컥. 나, 막혔어. 무, 물!!"

"여… 기."

준비했다는 듯이 컵을 내미는 천곱슬. 근데, 이것이 갑자기 뭔 소리여!! 하마터면 나 열여덟 살에 김밥이 목에 걸려서 죽을 뻔했다.

눈에선 단무지, 코에선 시금치가 기어 나올 것 같다.

좀 있다 소화제 먹어야 되겠다.

"그게 무슨 소리야! 불길하게 시리!"

"아니면 말고~ 난 텐리를 사이에 두고 수연이와 싸우긴 싫으니까."

"절대 없을 꺼야! 걱정마!"

"혹시라도 좋아하면."

"NEVER~!!"

"응, 알았어~ 알았어!! 그래도."

"절대 기생 같은 놈은 안 좋아한다니께!!"

필요이상의 오버를 첨가해 말했다.

"누군 너 좋대?"

"커컥!!"

다시 막혔다_!!

천곱슬은 다시 나에게 물을 줬고, 기생 놈은 나를 향해 눈을 부라리고 있다.

젠장! 타이밍 한번 죽이는구먼~.

"아니야~ 기생. 나 사실은 너 좋아해. 아~~ 주 많이!"

"난, 너 싫다. 야, 이옥영! 빨리 일어나. 너네 반 가!"

저 잡것을 그냥!! 기껏 좋아해 준다고 해줬더니 또 분위기 잡쳐놓네!!

289

그리고 천곱슬과 옥영씨는 자기네 반으로 돌아가 버렸다.

"야, 나 전화 한 통화만 쓰자."

"됐네요."

"좀 쓰자."

"됐다니까!"

"전화 쓰게 해주면 너 좋아 해줄게. 딱! 한 통화만 쓰자."

순간 할말 잃음.

「어, 나다. 오늘 올 거냐? 뭐? 됐어. 새끼야! 어, 그래! 어딘데?
나? 이제 5교시. 어, 알았어. 끊어!」

내 말은 개깡으로 무시한 채 벌써 전화를 써버린 기생 놈.

젠장할~.

오늘도 별일 없이 수업시간이 지나고, 담임의 기-인 종례도
지나고, 솜털보다 가벼운 가방을 들고 옥영씨 반으로 갔다. 그리
고 옥영양과 운동장을 가로질러 정문으로 향했다.

멀~ 리! 정문에 어떤 남자 하나가 얄딱꾸리한 폼으로 서있었
다.(몸이 좋아 보였다.)

그 남자 주위로 계집년들이 _빠글빠글_ 몰려 있었고 하나같이
'까아까아♥♡'를 외치고 있었다.

별 관심 없이 지나가려 했지만 이래봬도 나도 꿈 많은 소녀다!
어떻게 생긴 남자인지는 봐야하는 마음에 내 처진 눈을 그 남자
의 면상에 꽂았다.

그리고 순간! 운이 좋은 건지, 나쁜 건지 그 남자와 눈이 딱!

마주쳤다.

오-오옷!!! 저게 누구야!!

"신수연!!! 야, 너 신수연 맞지!!"

"……."

그 놈은 검지로 나를 가리키며 우렁차게 내 이름을 불렀다. 난 할말을 잃은 채 멍-하니 그 놈을 바라봤다.

저 놈이 여긴 어쩐 일이여? 그리고 그 놈을 둘러싸고 있는 여자들의 시선이 일체 나를 향했다.

난 또! 시선의 따가움에 고개를 푹-숙여 버렸다.

저벅저벅 나를 향해 걸어오는 그 놈.

"어이~ 이봐, 아가씨! 지금 나를 무시하시는 건가?"

"……."

"야야, 고개 좀 들어보라니까! 오랜만에 만났는데 설마 서운하게 모른 척 하려는 건 아니시겠지?"

맞다.-_-

난, 고개를 푹-숙인 상태로 이리저리 눈동자를 굴렸다. 아직까지 주위의 모든 시선이 나에게로 고정되어 있었다. 쪽팔려 죽겠네. 진짜!!

하지만 이 놈은 이런 내 사정을 모르는지 갑자기 오른손에 들려있는 죽도로 내 턱을 들어올렸다.

"아하하! 너 진짜 왜, 왜 그래!"

"뭐가~ 친구얼굴 한번 보자는 데."

"죽고싶지? 김재환!!"

우리를, 아니 나를 향한 시선은 불같이 뜨거웠다. 정말 너까지 왜 이러는 거니! 엉엉.

"대체 저년 뭐야!"

"텐리에 장풍운에 이젠 쟤까지야?"

"쒸바~!! 눈은 졸라 처져 갖고 짜증나네!!"

또 한번 나를 향한 비난의 말들이 쏟아지는구나!! 그래도 난 나의 수난은 여기까지라 믿고있었다.

하. 지. 만!

"김재환!!"

많이 들어본 목소리가 귓구멍을 화--악! 파고들었으니 그 목소리의 정체는 다름 아닌 기생 놈이었다.

빠른 걸음으로 우리 쪽으로 다가오는 기생.

"어? 신수연! 너 여기서 뭐하냐?"

"어? 어… 그… 그게."

"뭐야! 너네 둘 아는 사이야? 야!! 텐리 너 이 녀석 알아?"

그럼!!

같은 반, 짝, 같이 입원도하고, 오해란 오해도 다 사고! 모를래야 모를 수 없는 사이란다.

이런 식으로 설명하면 될 것을 기생 놈은 완전 어이없게 나를 설명했다.

"얘 우리반 전학생. 왜~ 저번에 그 죽도사건!"

이렇게 말이다. 근데, 그거 나 아닌데….

"뭐!!! 죽도사건? 그 범인이 신수연 이란 말야?"

코 평수가 커지는 재환이.

하~ 재환아! 그거 조금 긁어놓은 거 갖고 친구한테 범인이 뭐냐!! 범인이!

잠깐잠깐! 근데 그 죽도가 저놈 것이었다면 기생 놈과 김재환이 친구라는 거야? 헐~ 진짜 난 왜 이렇게 악연이 많은 걸까? 흐엉~!!(이제야 상황 파악된 신수연! 그녀는 돌 머리였다. 것도 묵직한 바윗돌)

"신. 수. 연!! 내가 그 죽도 얼마나 소중히 여긴 건지 아냐?"

"그야! 당연히… 모르지. -_- 근데, 그거 진짜 내가 한 거 아냐!"

"또, 거짓말한다~! 너 진짜 죽도로 죽. 도. 록 맞아봐야지! 앙?"

개놈색히!! 믿을 사람 말을 믿어라! 어떻게 믿을 놈이 없어서 기생 놈 말을 믿냐!!

후아~ 기생 놈! 웃으면서 나를 꼬라본다.

난 그런 놈을 향해 강하게 한번 야리고, 재환어놈에게도 강--하게 한마디 던졌다.

"미안해. 다 내 잘못이지 뭐. ㅜ_ㅜ"

나의 비굴은 어쩔 수 없나보다. 아직까지 기생 놈은 뭐가 좋은지 실실_쪼개고 있다.

"푸-홋!!"

눈물까지 쪼끔 첨가해 웃는다.

"푸하하하하하!!!"

이젠 박장대소까지 한다. 저걸 화—악! 싸잡아 버려!

"어이~ 기생아. 꼭 그렇게 웃을 필요가 있냐?"

"별로."

"나 지금 쬐까 기분이 나빠질라 하는데 왜 그렇게 웃는 건데?"

"그냥."

할말 없다.

원래 당당하게 말하는 놈한테는 달리 할말이 없는 법이다.

사실 그 놈은 오른쪽 주먹을 꽈--악 쥐고 있었다. 내가 한마디라도 잘못하면 칠 기세였다. 그리고, 지금에서야 다시 등장하는 옥영양.(미안하다.) 멍하니 우리 셋을 바라보고 있었다. 솔직히 내가 생각해도 눈 배릴 짓을 하고있으니 말이다.

그리고 지금 우리 넷은 같이 팔자에도 없는 저녁을 먹으러 가고있다.

남의 속도 모르고 서로 열심히 자기소개를 하고 계시는 김재환군과 이옥영양!!

그리고 여전히 나를 보며 실실_쪼개고있는 기생 놈과 몰래몰래 처진 눈으로 야려보는 신수연!!

그렇다. 신. 수. 연!!

그녀의 이름은 비굴이었다. ㅠ0ㅠ

294

★36★

다들 지금 4시밖에 안됐는데 무슨 놈의 저녁이냐! 라고 생각하겠지만.

"오늘 김재환이 거하게 쏠 테니까 밥이나 먹으러 가자!"

라는 재환이 놈의 말에 우리 셋은 파다닷_바삐 움직였다.

근처 PC방에서 대충 2시간을 때우고 천천히 저녁을 먹으러갔다. 우리가 간 곳은 '눈 내리는 마을' 기생 놈과 우리가족이 갔던 그 곳이다.

예전 기억이 새록새록_떠오르는구나~.

"야~ 김재환 니가 웬일이냐~. 레스토랑에도 데려오고. 어쩌좀 불안하네~?"

"뭐가 불안해! 이것이 속고만 살았나! 그렇게 불안하시면 없던 걸로 하던가~."

"아니야, 아니야! 알았어. 짜식! 소심하기는…."

하여튼 옛날부터 이 놈은 소심의 대가였다니까!!

다 먹을 때까지 아무 말 말아야 된다. 저 놈은 먹던 것도 뺏을 놈이니까!!

"근데 너 그동안 코빼기도 안보이고 어디 처박혀 있었냐?"

"권절귀!!"

"하아~ 사실대로 말하지 않으련?"

"진짜야."

"이 자식이!! 사실대로 말 안 해!!"

너무 크게 소릴 질렀나보다. 주인아줌마가 나를 심하게 째리신다.

"그… 그러니까 너 그동안 어디 처박혀 있었어!" 〈−개미 만한 목소리로

"시골 할배댁에."

"거긴 왜 갔는데?"

"그냥, 사정이 있어서…."

"니가 무슨 얼어죽을 사정이야!"

"시우하고 같이 내려갔었어."

"……."

"… 수연아."

"아~~ 언제 나오냐~. 배고파 죽겠네!"

"야야, 그만 좀 먹어라. 살. 빼. 야. 지!!"

마지막 말은 당연 싸가지 기생 놈의 말이다!!

뎬장할 넘!!

갑자기 시우 얘기가 등장해서 살짝 말을 돌렸건만 싸가지 없게 시비를 걸어댄다.

난 다시 기생 놈과 한판승부를 해야했다. 그리고 우리가 싸우는 틈을 타서 옥영양과 재환이놈은 자기소개에 이어 서로에 대해 깊이 알아 가는 사이로까지 발전해갔다.

"어어얼~ 김재환!! 지금 옥영이한테 작업 들어가는 거냐?"

"엉, 그러니까 우리 쪽일 신경 끄시고 텐리하고나 놀아라!"

"Oops!! 우. 리? 우. 리? 오-옷! 언제 그런 사이로까지 발전하셨대?"

"신경 끄시라니까."

"뭐, 그래. 기생~ 우리도 서로에 대해 깊이 알아볼까?"

"난 너에 대해 별로 알고 싶지 않다."

씨팍섹히!!!

상대방이 약하게 나와주면 자기도 좀 수그려줘야 되는 거 아냐?

계속 기생 놈과 티격태격 싸우다 어느덧 저 두 놈의 '서로 알아가기' 코너-_-가 끝이 났다.

흐뭇한 미소를 날리는 김재환. 아무래도 한 건 건진 듯한 표정이었다.

"푸하하~ 신수연!"

"왠지 재수 없는 웃음이다. 자제 좀 해라. 밥 맛 떨어진다."

"알았다. 뭐, 아무튼 이시우 서울 왔다."

"너하고 같이 온 거야?"

"아니, 난 먼저. 그 녀석은 조만간 여기나 목동으로 갈 거다."

"그래… 아, 너 언제까지 여기 있을거야?"

"글쎄. 텐리네서 좀 있다가 이틀정도 후에 다시 학교 가야지."

"너, 다시 학교 다니는 거야?"

"응, 1학년으로 복학했다. 다시 잘 다니고 있어."

잘됐다. 재환아! 다시 학교 다니게 돼서 너무 잘됐어.

근데….

"너 학교 안가니?"

"엉?"

"잘 다닌다는 놈이 학교 빼먹고 여긴 왜 온 건데!! 너 학교 안 가!!"

"어? 아, 아니. 그게 그냥 바람 좀 쐬러…. 하하!!"

"바람 쐬러?"

"수연아, 좀 무섭다. 왜 갑자기 화를 내고 그래."

"넌 디졌어!!"

다들 알다시피 처진 눈의 감정변화는 시도 때도 없었다.

과연 누가 나를 데려갈까?

뭐 그렇게 재환이 놈이 계속 개리봉동에 있는 가운데 하루가 흘렀다.

"기생~!!"

"왜!"

"구냥구냥~ 심심해서~. 호호."

"오늘따라 기분이 좋아 보인다?"

"그래?"

"그 시운가하는 놈 온다니까 괜히 기분 좋아지냐?"

"아, 아니야~ 무슨. 근데 재환이는?"

"그 새끼 아직도 퍼 자고 있을걸?"

그, 그래. 근데 재환이 언제 간데? 걔도 학교가야 되잖아."

"때되면 가겠지."

저… 저!! 갈수록 무책임한 놈.

우리 불쌍한 재환이는 이 사실을 알기나 하는 걸까?

"아, 재환이가 전화하라고 하더라."

"걔 번호 바뀌지 않았나?"

"그 새끼 내 폰 갖고 있다."

"엉!"

"지금은 전화하지마! 김재환 오늘 새벽에서야 겨우 잠들었으니까."

짜식!! 재수 없는 말 툭툭_내뱉고 결국엔 감동시켜 준다니까!

"그 자식 잠버릇 지랄 같아서 전화 오면 무의식중에 핸드폰 부숴 버릴지도 몰라. 그러니까 지금 전화하면 죽. 는. 다!"

하~ 그래. 너의 대표적인 특징이 하나 더 있었지. 바로 이거였어. 믿을만하면 배신 때리시는거!!

결국 점심시간에 할 수밖에 없었다. 것도 저놈 눈치보며 신호 세 번 가기 전에 끊어버리라는 협박과 함께 말이다.

따루루룽~☎(1번)

따루루룽~☎(2번)

따루…☎

달칵!!!★☆★☆

세 번의 신호가 가기 전에 확실히!! 내가 아닌 기생 놈이 끊어

299

버렸다.

저 놈 이번이 신호 3번째였는지는 어떻게 안 건지. -_-;

역시 미스터리틱한 인물이었어. 조심해야겠군!!

"야!! 왜 끊어!!"(잡생각 때문에 다소 반응이 늦은 처진 눈)

"신호 세 번 가기 전에 끊으라고 했지!"

"뭐여~ 너 왜케 유치하게 노냐!"

"뭐?"

"아, 아니. 잘 끊었다고~ 하하. 마친 딱! 끊으려고 하던 참이었거든."

과도의 비굴함을 느꼈다. 내 전화도 하나 제대로 못쓰다니.

그렇게 이런걸 수없이 반복했다. 재환이놈 세 번 만에 오질라게도 안 받는다.

이 놈이 3이란 숫자를 특별나게 싫어하는 것도 아닐텐데 말야.

난 할 수없이 기생 놈 눈을 사사삭_피해 화장실로 튀었다!!

뭐, 사실 가기 전에….

'나 변소 갔다오께' 라는 예쁜 말을 남겼지만.

따루루룽~☎

=어떤 새끼야!!

아따. 고막 터지겠네!!

-나, 수연이.

=어? 너였냐? 미안하다.

-왜? 무슨 일 있었어?

=엉! 어떤 개놈색히가 자꾸 전화만 받으면 끊어버리잖아! 아오! 그 새끼 잡히면 아주-! 씨발!

허--걱!

"에? 어, 어떻게 하려고?"

"죽도로 두들겨야지!! 그 자식 잡히기만 해봐!! 아오~. 텐리 놈 발신자도 안 해놓고!! 짜증나 죽겠네!"

기생 놈. 예전엔 발신자 됐었는데 요즘 많이 빈곤한가 보구나!

기생 놈아 너에게 고마워 해야할지, 널 원망해야할지 참으로 고민 때리는 순간이구나!

301

★37★

"근데 재환아!! 왜 전화하라고 한 거야?"

"아, 맞다. 그랬었지. 그 개넘새끼 때문에 흥분해서."

"하하!!"

"잠깐, 근데 내가 뭘 얘기하려고 했더라?… 잠깐!"

흥분하면 하나에 몰두하는 저 성격!! 여전하구나 너!!

이 누님은 오랜만에 예전 너의 모습을 보니까 좋다!! 짜식!!

근데, 언제까지 기다려야 되는 거니? 전화요금 많이 나올텐데….

"아, 생각났다! 나 오늘 간다."

하~ 저리도 간단한 말을 잊어버리다니!!

잠깐 근데.

"뭐? 오늘?"

"응!"

"왜!!! 이틀정도 있는 다고 했잖아!!"

"나, 사실 오늘 일주일째거든."

"뭐가?"

"선생하고 크게 한판하고 나와서 일주일 채웠으니까 들어 가 봐야지. 하하!"

이것이 아직도 그 버릇 못 고쳤네!!

"……."

"왜? 섭섭하냐? 나 가니까?"

"내가 왜 섭섭하냐!"

"오오~ 진짜?"

"언제 갈 건데?"

"지금. 텐리한테 김재환 간다고 전해줘라."

"……."

"그 놈 만나서 갑자기 간다고 하면 한방 먹을 것 같으니까. 하 하!"

"싫어. 가지마. 재환아….."

"짜식! 니가 그러면 이 오빠 맘이 아프잖아! 언제부터 날 이렇 게까지 좋아한 거지? 아하하!! 아~ 주 흐뭇하구나!"

"… 지금 우리학교 앞으로 와. 역까지 데려다 줄게."

"야야, 장난 하냐? 여기서 역이 얼마나 가까운데. 그리고 너 지금 설마 땡땡이 치려는 건 아니시겠지?

"그냥 와라. 나 지금 나갈 테니까. 응? 텐리집에서 학교도 가 깝잖아."

사실 학교보단 역이 훨씬–더 가깝다.

"좀 그렇다?"

"그냥 와!!"

"빨리 가야돼."

"이씨! 그러니까 왜 학교에서 나오고 그래! 이왕 복학했으면 잘 다녀야 될 거 아냐!! 화나도 니가 참아야 될 거 아냐!!"

"그… 그래. 알았다. 나 지금 너네 학교로 간다."

재환이와 전화를 끊고 텐리 놈에게 대충 말을 했다.

「개새끼 뒤질 줄 알아!」라는 말을 전하란다. 무슨 유언도 아니고. –_–

어쨌든! 난 솜틸보다 가벼운 가방을 들고, 교문 쪽으로 뛰었다.

아워고 교복을 입고 서있는 재환이.

"김재환~!!"

손을 마구 흔들어대며 놈에게 달려갔다. 그리고, 나를 보자마자 간단하게 손만 까딱_흔들어 보이는 재환이.

미친! 너, 영화 너무 많이 봤어!!!

"진짜 나왔네."

"당연하지~!"

"텐리 놈한테 말했어?"

"개새끼 뒤질 줄 알아!"

"뭐, 뭐냐 갑자기!"

"라고 전하래.-_-"

"야, 너 뭐냐! 역까지만 데려다 준다며!"

"응. 목동역!! 목동역도 역 맞잖아."

"야, 야! 빨리 들어가! 니가 나 좋아하는 건 잘 알지만 이렇게 하면 내가 곤란하지~."

"엉! 나 너 진짜 좋아하니까 목동까지 가자!"

"오버다. 너!!"

"뭐가! 너 어차피 지금가면 잘 안 올 거잖아. 말만 온다고 하고, 안 올 거잖아. 복학했으니까 맘도 잡고 해야지! 가자고~."

막무가내로 그 놈과 목동으로 출발했다!!

"김재환!! 이제는 학교 잘 댕겨! 알았지?"

"그래."

"너, 그때 갑자기 사라져서 내가 얼마나 당황했는데! 시우도 없고, 너도 없고 반에 아는 남자 놈들이 없으니까 진짜 슬프더라. 히히!"

"그래. 평-생 붙어있어 주마!"

"그건 좀 그렇고."

"아하하!! 근데 너도 잘 좀 다녀라!! 땡땡이 치지 말고!! 너 설마 거기서도 담 넘고 그러는 건 아니겠지?"

"다… 당연하지.--어떻게 기억은 하고 있었네? 좀 잊어줘라. 심히 쪽팔리니까."

"으하핫!! 그러니까 누가 담 넘으랬냐!! 나비 엉덩이 낀 거 그거 처음 들었을 때 얼마나 웃었는지…."

머리까지 잡으면서 필요이상으로 웃어제끼는 재환군!

김재환!! 너 또 지금 목동으로 가버리면 안 올 거야? 아주… 아주 나중에야 다시 찾아 올 거야? 너 만약 그러기만 해봐! 진짜 가만 안 둬!

지금 이 순간이 얼마나 소중하고 고맙게 느껴지는지 너 알아? 나에겐 시우도 너도 너무나 소중한 친구야. 절대 잊지 못할 고1 때의 너무너무 소중한 친구….

"야야!! 왜 글케 뚫-어져라 쳐다보는 거냐!!"

"내가 뭘."

"킁킁_냄새가 나!! 너 사실대로 말해!! 원래 나 좋아했던 거 아냐?"

"맞아!! 나 너 진짜 좋아했잖아~. 정말 니가 내 맘 몰라줘서 얼마나 슬펐는데. ㅜ_ㅜ"

"짜식!! 오늘 오빠 크--게 감동시키는구나!! 고맙다. 꼬마!!"

뭐여!! 이 자식도 꼬마래네!!!

"꼬마소리가 좀 거슬린다?"

"하핫!! 그냥 넘어가~."

"그래. 아무튼!! 꼭 빠른 시일 내로 돌아와!! 다시 텐리하고 나 찾아오라고 알았지?"

"알았다니까~."

"진짜 연락 끊으면 죽을 줄 알아!! 목동하고 여기하고 얼마나 가까운데 연락도 안 하면 인간도 아니다!!"

재환아. 난 1전에 니가 갑자기 사라져서 그것 때문에 니가 안 올 거라고 생각하고 있나봐. 시우도 그렇고, 너도 그렇고….

"아!! 옥영이한테 내가 꼭! 연락한다고 전해 줘."

"뭐야~! 언제 그렇게 발전하셨대?"

"하핫!! 부럽냐? 니가 사랑하는 사람이 다른 여자와 something있어서?"

"응!"

"그래도 참아줘라. 이 오빠가 혼자 외로이 지낸 게 1년째 아니더냐!!"

"나도 1년동안 혼자 외로이 살았다. 아그야! 너만 잘 되는 건 차마 내 눈으로 볼 수가 없구나."

"무, 무슨 짓을 할라고!"

"옥영이에게 너와 나의 사이를 폭로해 버리겠어. 으캬캬캬!"

"안 돼~!! 당.신!! 그 것만은 안 돼!!! 안되는 거 알잖아~. 그러지마!!!"

지하철 안에서 사람들 다 쳐다보던 말던, 큰 소리로 웃어가며 실컷 떠들어댔다.(내가 제일 싫어하는 스타일을 내가 하고 있었다.)

　+목동도착.

　그 놈과 난 배고픔에 근처 분식 집에 들어가 자리를 잡았다. (돈이 없었다.) 그리고 분식 집에 온걸 심히 후회하게 만드는 일이 벌어졌다.
　그것은 참으로 유치한 것이었다.
　하나 남은 떡볶이를 다른 사람들처럼 피 튀기며 먹.지.않.고!! 서로에게 양보하다 벌어진 사건이었다. 한마디로 꼬놈 짓을 한 거였다.
　"너 먹어."
　"배불러 너나 먹어!"
　접시를 서로에게 밀다 그 놈 손에 감정이 섞였는지, 아님 테이블에 물기가 아직 안 말라서 였는지!! 접시는 쭈----욱! 미끄럼틀 타고 내려오는 것처럼 멋지게 미끌어져 내 치마와 마이를 덮쳐 버렸다.
　차라리 피 튀기며 싸울 것을!!
　대충 물로 씻었지만 겨울이라 마르지도 않아 어쩔 수 없이 난 그 놈의 옷을 빌려야만 했다.
　꽹장히 큰 점퍼,(그 놈 가방에 들어있던 것이었다.) 벙거지모자,(왠지 쪽팔리는 맘에 빌렸다.) 그리고 재빨리 개봉동으로 출발했다.

307

'괜히 왔구나.' 하는 생각이 든다.

그리고, 또 하나의 일이 일어났다.

그것은 2호선에서 1호선으로 갈아타고 갈 때 벌어졌다. 구로역에서 한 아이와 그 엄마가 탔다. 아이녀석이 생글생글_웃으며 점점 내 쪽으로 다가오더니 부른다.

"형!!^○^"

이렇게 말이다.

참으로 어이없었지만 내가 아니겠지 하는 맘에 아이 쪽을 바라보지 않았다. 하지만 그 아이는 자꾸 내 주위를 맴돌며.

"형!"

"형아, 형!!"

을 외치고 있었다.

서, 설마 지금 나 남자로 오해받고있는 거야?

이봐요! 아이 어머니! 아이를 올바른 길로 인도해야 하지 않겠습니까!!-_-^

뜨겁게 아이 어머니를 노려봤다.

나의 강력한 눈빛을 느꼈는지 아이 어머니께서 드디어 말문을 열었다.

"란희야!!(아이 이름인 듯)형이 아니야."

"웅?"

맞아!! 난 형이 아니란다.

"자, 따라 해봐. 오·빠!"

"응! 오·빠!"

주여…!!!

생글생글 웃으며 따라하는 아이 입과, 그 아이의 엄마 입에 두 주먹을 쳐 넣어 버리고 싶은 마음은 왜일까?

그렇게 계속 그들의 오빠 퍼레이드는 이어졌고, 한순간 오빠라는 단어가 싫어지며 난 절대로 연상과는 사귀지 않겠다고 굳은 다짐을 하게되었다.

팍팍_!! 짜증이 나는 것이, 다시 한번 나의 특이사항을 유감없이 발휘했다.

아까부터 내 앞에서 어깨를 들썩이며 웃고있는 멀대같은 놈의 등짝에 바--싹! 기대었다.

앞의 멀대 놈은 내가 기댔는데도 여전히 좋~~ 댄다. 그리고, 뭐 이러다 잠이 들었다.

하고 끝나면 좋은 것을!! 갑자기 앞의 멀대 놈이 _빙글_등을 돌린다.

나를 찍었구나.-_- 라고 생각한 것도 잠시 멀대 놈과 마주하는 그 순간! 난 놀라지 않을 수가 없었다.

계속 실실_쪼개며 마주하는 내 앞엔 나를 바라보는 이시우가 서있었다.

〈완.결2 에서 계속〉

초판 1쇄 인쇄 2003년 10월 6일 / 초판 1쇄 발행 2003년 10월 7일
지은이 아야™ (김향선)
펴낸이 박대용 / 편집, 기획 최선영 · 임혜란
인쇄 대정인쇄 / 출력 프레스파크

펴낸곳 도서출판 징검다리 / 등록 1998년 4월 3일 (제10-1574)
주소 서울시 마포구 합정동 426-1, 3층   (우) 121-886
전화 3143-1966 · 332-3880 / 팩스 3143-2757
e-mail zinggumdari@hanmail.net

ISBN 89-88246-64-0   89-88246-63-2(세트)